졸업

푸른봄문학 ㉕

졸
업

윤이형 **지음**

1판 1쇄 2016년 8월 29일 | **1판 2쇄** 2017년 6월 21일
펴낸이 조기룡 | **펴낸곳** 내인생의책 | **등록번호** 제10호-2315호
주소 서울시 마포구 동교로12길 3, 2층
전화 02)335-0449, 335-0445(편집) | **팩스** 02)6499-1165
전자우편 bookinmylife@naver.com | **홈카페** http://cafe.naver.com/thebookinmylife

ISBN 979-11-5723-282-6 (43810)
(CIP제어번호 : 2016019205)

* 책값은 뒤표지에 있습니다.
* 잘못된 책은 구입처에서 바꾸어 드립니다.

졸업

윤이형 지음

내인생의책

차례

두 통의 합격 통지서

그 분홍빛 봉투를 쳐다보지 않으려고 애썼다.

하지만 그럴 수가 없었다.

기뻐할 일인가?

누가 대신 좀 대답해 줬으면 했다.

그런데 아무도 아무 말도 해주지 않았다.

열아홉 살의 초겨울, 나는 첫눈을 기다리고 있었다.

나무들은 이미 오래전부터 앙상한 맨가지를 드러낸 채 결연하게 추위에 맞서고 있었고, 세탁소 앞길에는 얇디얇은 살얼음이 얼어붙어 있었다. 어깨를 움츠리고 걸어 다니는 사람들의 입에서는 속삭임처럼 입김이 흘러나와 시린 공기에 섞여 들었다. 하지만 어째서인지 아무리 기다려도 눈은 오지 않았다.

딱히 첫눈이 오면 하고 싶은 일이나 만날 사람이 있는 건 아니었다. 그냥, 안개꽃을 닮은 그 눈송이들이 수고했다는 인사를 건네듯 천천히 춤추며 내려오는 걸 보고 싶었다. 잠시 걸음을 멈추고, 가만히 서서. 라디오에서는 진행자의 명랑한 멘트가 흘러나왔다.

"예년보다 많이 늦긴 했지만 다음 주에는 첫눈을 볼 수 있을 것으로 기대됩니다."

하지만 다음 주가 되어도 흐린 회색 하늘에서 내려오는 것은 없었고, 또다시 다음 주를 기대한다는 멘트가 들뜬 어조로 반복되었다. 사람들은 그것을 이상하게 여기기에는 너무 바쁜 것 같았다. 그렇게 하루가, 이틀이 흘러갔다.

그리고 내겐 두 통의 통지서가 날아왔다.

하나는 내가 턱걸이에 가깝게 상향 지원한 대학의 입학 관리처에서 날아온 합격 통지서였고 다른 하나는 임신 가능성 검사를 최종적으로 통과했다는 통지서였다. 빠른 시일 내에 센터로 나와 오리엔테이션을 받고 아이 아빠가 될 사람을 결정해 관계를 가지라는 말과 함께.

그 두 통 가운데 우리 엄마를 더 기쁘게 한 건 후자였다.

물론 대학 합격자가 발표된 날, 엄마가 기뻐하지 않은 건 아니었다. 내 두 손을 붙잡고 연신 펄쩍펄쩍 뛰면서 신음인지 한숨인지 모를 기묘한 음성을 뱉어냈으니까.

"떨어질 줄 알았는데. 애, 난 네가 떨어질 줄 알았어……. 정말이지 이렇게 한 번에 붙을 줄은…… 얼마나 다행이니, 응?"

엄마와 함께 시장에 다녀오던 길이었다. 엘리베이터 안에 있던 사람들이 일제히 우리를 쳐다봤다. 자식에 대한 기대치가 낮은 부모인가. 쟤 성적이 진짜 아슬아슬했나 봐. 그렇게 말하는 그 시선들과 마주치자 순간적으로 얼굴이 화끈거렸다.

하지만 내 손을 쥐고 아래위로 흔들어대는 엄마, 도저히 믿을 수 없다는 듯 지나칠 정도로 기쁨에 겨워하는 엄마를 보고 있자니 마음 한구석에서 이상한 안 쓰러움이 꿈틀거리며 고개를 들었다. 우리 엄마는 완전한 어른이 아니다. 다른 어른들처럼 속마음을 감추는 데 능숙한 사람이 아니라는 뜻이다.

엄마의 몸속에는 미처 다 자라지 못한 소녀가 들어 있어서 그 소녀는 가끔 어른이라면 하지 않을 행동을 했다. 이를테면 아버지가 좋아했다는, 그러나 이제는 먹는 사람도 없는 매생이국을 굳이 끓여 내놓고는 밥상머리에서 말없이 눈물을 줄줄 흘리거나, 아버지가 쓰던 물건들-낡은 안경과 안경집, 도장과 인주, 아무것도 쓰여 있지 않은 노트 같은 것-을 끄집어내 대책 없이 만지작거리는 일이 그랬다. 그럴 때 엄마는 마치 남자친구와 지난주에 헤어진 내 또래 여자애 같았다.

청승맞지 않은가.

처음엔 견딜 수 없었다. 귤에서 하얀 섬유질을 떼내듯 엄마의 마음에서 아버지에 대한 기억을 하나하나 발라내 포장한 다음 오래된 물건들과 함께 택배로 보내버릴 수 있다면 그러고 싶었다. 하지만 같은 일이 반복되자 난 거기 익숙해졌다. 화를 내거나 무시할 수는 있어도 엄마의 마음속 소녀를 억지로 자라게 할 수는 없다는 걸 깨달았기 때문이다. 그게 우리 엄마였다. 나는 그런 엄마와 함께 살아가야 했다.

전날 밤부터 심호흡하며 마음의 준비를 했을 텐데도 엄마는 내 대학 합격이라는 커다랗고 기쁜 소식에 급소를 정통으로 얻어맞은 듯했다. 그래서 부지불식간에 진심을 툭 뱉어내고 만 것이었다. 난 알고 있었다. 유난스러운 말이나 행동으로 보여 주진 않았어도 엄마는 나를 존중하고 믿어 주었다. 고등학교에 입학한 뒤로 좀 헤매긴 했지만 난 몇몇 아이들처럼 말썽을 저질러 징계를 받지도, 욕설을 내뱉으며 엄마에게 대들거나 집을 뛰쳐나가지도 않았다. 모범생이라기엔 좀 애매하지만 딱히 불량학생이 될 만한 사유도 없었던 내게 엄마는 나름의 기대를 걸고 있었을 것이다. 왜 안 그랬을까.

다만 엄마를 옭아매고 있던 걱정의 크기가 나에 대

한 기대를 훌쩍 뛰어넘을 만큼 컸던 것이다. 재수 학원 비용을 감당할 여력이 우리 집에는 없었다. 내가 대학에 붙었다는 건 곧 등록금을 내야 한다는 뜻이었고 따져 보면 그게 몇 배나 큰 걱정거리였을 텐데, 그날 엄마는 그저 딸자식이 재수하지 않아도 된다는 사실밖에는 생각할 수 없는 것 같았다.

사실 그날 엘리베이터 안에서 엄마의 안도하는 표정을 볼 때까지, 난 우리 집이 가난하다는 생각은 별로 하지 못했다. 가난은 눈에 띄는 증상 없이 긴 잠복기를 거치는 병처럼 우리 집 구석구석을, 엄마와 내몸 안팎을 애매하게 드나들고 있었다. 우리는 꼭 필요하지 않은 물건은 사본 적이 없었지만 쌀이 없어 밥을 굶지도 않았다. 낡은 가구와 가전제품들을 바꾸는 일을 몇 년째 망설이며 미루고 있었지만 집으로 찾아와 흙발로 살림살이를 걷어차며 당장 돈을 가져오라고 닦달을 해대는 빚쟁이가 있는 것도 아니었다. 나는 어디까지나 학생의 처지였으므로, 돈을 쓰고 싶은 욕망이라고 해봤자 어쩌다 새 티셔츠 한 벌, 가끔가다 성적 좋은 아이들이 많이 본다는 참고서 한 권쯤이 전부였다. 우리 집 사정이 정확히 어디가 어떤지, 엄마가 가계부를 어떻게 채워나가는지 난 알지 못했고 알 필요도 없었다. 엄마는 부지런히 몸을 움직여 날마다 내가 일용할 햇빛과 물을 생산해냈고, 난 그걸 달게 받아 마시며 줄기를 뻗고 연둣빛 잎을 피워 올리기만 하면 됐다.

하지만 두 번째 통지서는 달랐다. 국민 미래 재건 위원회에서 날아온 분홍빛 봉투에 든 그 통지서를 건네고 엄마의 얼굴에 무슨 표정이든 떠오르기를 기다리던 그 몇십 초 동안, 나는 두 가지 사실을 깨달았다.

첫 번째 사실은 내가 짐작한 것만큼 우리 집 형편이 좋지만은 않다는 것이었다.

그 순간까지 나는 근거 없는 낙관을 지니고 있었다. 그래서 그다지 걱정하지 않았다. 엄마가 반대할 거라고 상상했던 것이다.

내 눈앞에서 그 통지서를 찢어버리고 침을 뱉는 엄마, 이건 말도 안 된다고 화를 내며 이런 것 따위는 잊어버리고 네가 생각한 대로 너의 삶을 살라고 말해 주는 엄마를 나는 기대했다.

아니, 그건 아니라도 최소한 내가 납득할 수 있도록 차분한 목소리로 말해 주는 엄마를 상상했다. 이 통지서는 우리에게 많은 것을 의미한다고, 그렇지만 최종 결정은 너에게 달려 있다고. 네가 원하지 않는 일은 하지 않아도 된다고.

하지만 엄마는 그러지 않았다. 이번에는 내 손을 붙잡고 흔들지도, 펄쩍펄쩍 뛰지도 않았다. 단지 나를 꼭 끌어안고 들릴 듯 말 듯 속삭이기만 했다.

"성당에 다시 나가야겠구나."

엄마의 뺨을 타고 내려온 눈물이 내 목덜미에 닿았다. 조용하고 따뜻해서 난 그게 기쁨의 눈물, 내가 거역할 수 없는 성분으로 만들어진 눈물이라는 걸 알았다. 눈물을 흘릴 정도로 기뻐할 만한 일이 엄마에게는 많지 않았으니까.

　내가 깨달은 두 번째 사실은 내가 영원히 화분 속 녹색 식물로 살아갈 수는 없다는 것이었다. 내 안에는 의무감 말고도 다른 것이 들어 있었다. 잎에 와 닿는 햇빛, 뿌리에 스미는 물에 감사하고 순종하면서 그날의 광합성에 최선을 다해야 한다는 의무감 말고도 다른 것이 있었다. 그건 하나의 질문이었다.

　이래도 괜찮은 걸까?

　그 질문은 낯설었다. 나 자신의 목소리로 되어 있었으니까. 그리고 불편하기도 했다. 지금까지 고생하며 나를 키워 온 엄마와 나 사이에 쌓인 모든 것을 무너뜨릴 수도 있을 만큼 크고 무겁고 어려운 문제가 거기 응축돼 담겨 있었다. 마치 잼처럼. 난 피하고 싶었다. 그 목소리를 듣고 싶지 않았다. 하지만 그건 내 안에서 들려오는 목소리라 귀를 막아도, 이어폰을 꽂고 시끄러운 음악을 아무리 들이부어도 사라지지 않았다.

엄마는 그날 저녁 정말로 성당에 갔다. 아버지가 우리를 떠난 뒤 십 년 넘게 나가지 않던 성당이었다. 엄마는 고해성사를 하고, 미사포와 묵주와 작은 성경책을 새로 사와 책상 위에 올려놓았다. 그리고 그날부터 밤마다 잠들기 전에 기도를 시작했다.

무슨 기도였을까. 엄마는 고해성사에서 신부님에게 무슨 말을 했을까.

아마도 신에게 등을 돌렸던 그동안의 시간에 대한 속죄와 앞으로는 믿음을 지키고 감사하며 살겠다는 약속의 말이었겠지.

엄마가 성당에 가 있는 동안 나는 아무 생각도 하지 않으려 노력했다. 그 분홍빛 봉투를 쳐다보지 않으려고 애썼다. 하지만 그럴 수가 없었다.

기뻐할 일인가?

누가 대신 좀 대답해 줬으면 했다. 그런데 아무도

아무 말도 해주지 않았다. 내 난자는 건강했고, 나는 누군가의 엄마가 될 수 있는 존재였다. 굳이 인류 멸망을 막는 데 기여한다는 거창한 이유까지 가지 않더라도. 사실은 내게도 이상한 안도감이 손톱만큼 전해져 오긴 했다. 평소에는 별로 의식하지 못했지만 내게는 몸이라는 게 있었고, 그 몸이 생각보다 괜찮은 상태라는 판정을 받은 것이다. 기묘한 기분이었다. 나는 생명체였다. 그것도 선택받은 생명체.

십 대라면 모를 수 없는 사실들을, 나도 알고 있었다.

위원회가 안내하는 대로 절차를 밟아 아기를 낳으면 나는 새집에 살 수 있었다. 24평형 신축 아파트. 그건 사치스럽게도 나만의 방을 가질 수 있다는 의미였다. 엄마와 안방을 나눠 쓰지 않아도, 내가 무엇을 하는지 함께 있는 동안 낱낱이 엄마에게 보이지 않아도 된다는 뜻이다. 그게 다가 아니었다. 새집에 들어갈 가구 일체와 자동차 한 대, 내 4년 동안의 대학 등록금을 충당하고도 남을 만한 축하금과 평생 엄마에게 생

활비를 드릴 수 있을 정도의 보조금도 지원될 거라고
했다.

아기를 키우느라 내 삶이 유예될 위험도 없었다. 태
어난 아기가 자라 초등학교에 입학할 때까지 국가가
베이비시터와 가사 도우미 서비스를 무상으로 제공해
줄 테니까.

그야말로 전폭적인 지원이었다. 물론 여러모로 부
자유스럽긴 하겠지만 대학이나 취업을 포기하지 않고
도, 집안에 갇혀 사회와의 연결고리를 완전히 잃어버
리지 않고도, 엄마로 살아갈 수 있다는 건 분명 나쁜
일은 아니었다.

그 모든 것을 얻기 위해 난 단지 아이를 갖고, 열 달
을 기다려 낳기만 하면 됐다. 정해진 시간 내에, 주저
하고 망설이다가 내 난자가 시들어 말라버리기 전에.

기뻐할 일인가.

당연히 그랬다. 어떻게 아니라고 말할 수 있단 말인
가. 어떤 사람들이 말하듯 대학 합격 따위는 아무것

도 아닌지도 모른다.

　그런데, 그렇지만, 나는 기쁘지가 않았다.

일생일대의 특권

이건 그냥 특권이 아니에요.

전 세계를 통틀어 십 퍼센트의 사람들만이 갖는,

그야말로 엄청난 일생일대의 특권이라고요.

그렇지 않나요?

"잘 알아요, 학생이 지금 어떤 심정일지."

담당 선생님이 말했다. 미소 지을 때 두 볼에 들어가는 볼우물이 그녀의 동안과 썩 잘 어울렸다. 부드럽게 컬이 들어간 갈색 머리칼이 어깨선에서 찰랑거렸다.

"여기까지 오는 거, 무서웠죠? 관두고 싶지 않았어요? 그동안 검사받으러 다니던 것과는 또 달랐을 거예요."

한동안 충치 때문에 치과에 다닌 적이 있었다. 의사

선생님이 내 이름을 부를 때까지 기다리는 동안, 난 내 이에 대해서는 거의 잊어버렸다. 숙제를 가져와 거기서 하고 싶을 정도로 대기실이 정말 아늑한 분위기였기 때문이다. 센터는 그 치과와 분위기가 비슷했지만 좀 더 소녀 취향으로 꾸며져 있었다. 찾아오는 아이들의 마음을 안정시키고 그들이 여기 온 이유를 잠시 잊을 수 있도록 연한 파스텔톤으로 칠해진 실내와 마카롱을 본 따 디자인한 동그란 소파와 백합 모양의 샹들리에, 하나하나 정성 들여 고른 듯 보이는 아기자기한 장식품들이 있었다.

흐르는 음악은 최신 애니메이션 히트곡 컴필레이션이었고, 벽에는 얼마 전 아빠가 된 보이밴드 '론리 티어스' 리더 티어의 포스터가 스크랩한 기사와 함께 걸려 있었다.

티어는 나보다 한 살 어린 열여덟 살로, 아이의 엄마가 연예인이 아니라 같은 학교에 다니는 평범한 여고생이어서 한동안 화제가 됐었다.

선생님은 입도 대지 않아 차갑게 식은 녹차 잔을 내 앞에서 치우고, 휘핑크림을 듬뿍 얹은 카페모카 한 잔을 새로 가져다주었다. 마시고 싶지 않았지만 나는 결국 머그잔을 집어 들고 한 모금 마시고 말았다. 머리가 띵할 정도로 달고 따뜻했다. 센터에 들어온 뒤로도 삼십 분 동안이나 바보같이 더걱더걱 떨리던 턱이 그제야 멎었다.

"옆에 계신 어머니가 원망스럽죠? 반대해 줄 거라 생각했는데 그러지 않아서."

그녀가 다 안다는 표정을 지으며 자기 잔에 커피를 따랐다. 나는 당황해서 엄마를 곁눈질했다. 엄마는 나보다 더 당황한 표정이었다. 선생님은 아랑곳하지 않고 말을 이었다.

"사실 원망스럽지 뭐. 세상이 이 모양 이 꼴이 된 거, 사람들이 아이를 갖지 못하게 된 게 학생 같은 어린 사람들 때문인가요? 다 어른들 때문이지. 하지 말라고, 큰일 난다고 그렇게 경고를 했는데도 죽어라 환경은 오염시켜, 위험하다고 얘기해도 원전은 계속 돌려, 방사능이 쏟아져 나와서 공기에 땅에 물에 다 스미는데도 대책은 세울 생각도 안 하고, 국민이 동요한다고 무작정 숨기기만 해, 그런 게 쌓이고 쌓이다 보니 이 지경이 된 거라고요. NF 바이러스가 어느 날 갑자기 생겨난 게 아니죠. 잘못은 자기들이 다 해 놓고 대가는 학생같이 어린 사람들보고 치르라고 하고, 이렇게 무책임한 어른들이 어디 있어요? 열 받지 않아요?"

눈썹을 찡그리는 그녀의 표정이 너무도 진지해서 난 무심결에 고개를 끄덕일 뻔했다. 슬쩍 옆을 보니, 엄마는 이게 다 무슨 소리란 말인가 하는 표정을 짓고 있었다. 궁금한 건 나도 마찬가지였다. 이러면 안 되는 거 아니야? 왜 이런 얘기를 하는 거지? 그녀의 입에서는 얼굴과 어울리지 않게도 더욱 과격한 언사들이 쏟아져 나오기 시작했다.

"학생은 어려서 잘 몰랐겠지만, 사실 이 법안 통과될 때 사람들이 수없이 데모를 했거든요. 아무리 그래도 사람이 소나 돼지 같은 동물이랑은 다른데 어떻게 이런 식으로 임신을 장려하느냐고, 사람이 인격을 가진 존재가 아니라 단지 생식 기관일 뿐이냐고 말이죠. 이렇게까지 해서 존속시켜야 할 인류라면 차라리 다 같이 멸망하는 게 낫지 않겠느냐고."

아니, 나도 알고는 있었다. 중학교 2학년 때 그 이야기를 처음으로 듣고 전국 청소년 인권 단체 연합 '다른꿈'에 가입했다. 그때 내가 아는 아이들 중 거기 가입하지 않은 아이는 없었다. 화를 내고, 눈물을 흘리고, 분통을 터뜨리지 않은 아이도 아마 없었을 것이다. 하지만 나는 결국 그 이상은 할 수 없었다. 읽고 듣고 두려워하고 화내고 묻어 두는 것. 나는 겁이 많았다. 언제나 엄마를 핑계 대면서 낯선 길은 피해 멀리 돌아가는 아이. 그게 나였다.

시간은 빠르게 흘렀고, 정신을 차려 보니 고등학생이 돼 있었다. '다른꿈'에서 오는 뉴스레터를 계속 받긴 했다. 다만 달라진 점이 있다면 일주일에 한 번이던 메일 빈도가 점점 줄더니 언제부턴가 두 달, 혹은 석 달에 한 번씩만 오기 시작했고, 나는 더는 그것을 읽지 않게 되었다는 점이다. 그 메일을 읽으면 어쩐지 비난받는 기분이었다. 입시 준비만으로도 충분히 힘 겨운데 죄책감까지 느끼고 싶지는 않았다.

"시위에 나갔어요. 그때 난 대학 졸업반이었는데, 취 업도 다 포기하고 친구들하고 죽기 살기로 뛰어다녔 죠. 스크럼 짜는 법, 물대포 피하는 법, 처음부터 다 공부하고 배웠어요. 경찰들한테 밀리고 얻어맞고 눈물 펑펑 흘리고 그랬다니까요. 그런데 도저히 안 되더군 요. 우리나라만 그런 것도 아니었어요. 미국이랑 프랑 스에선 사람들 시위하다가 꽤 많이 죽었어요. 알아요? 몰랐죠? 뉴스 검색해보면 다 나와요. 정말 끔찍한 세 상 아니에요?"

"저, 서, 선생님……?"

당황한 엄마가 조심스럽게 끼어들자 선생님은 "어머 님, 죄송합니다. 제가 지금 설명을 하려다 보니 좀 흥

분해서요." 하고 사과했다.

"내가 말하고 싶은 건, 학생이 지금 느끼고 있을 부당함, 두려움, 이건 아무래도 억울하다는 생각, 그런 게 다 정당하다는 거예요. 학생 잘못이 아니에요. 내가 대신 사과할게요. 미안해요, 이런 일을 겪게 해서."

그녀가 고개를 숙였다. 나는 가만히 침만 삼키고 있었다. 난자 검사를 하러 다니던 보건소가 떠올랐다. 그곳 간호사들은 하나같이 무뚝뚝하고 피곤함에 전 얼굴을 하고 있었고, 친절한 말 한마디 없이 단지 사무적으로 명령할 뿐이었다. 치마로 갈아입고 속옷 탈의하고 나오세요. 올라가세요. 더 내려오세요. 내가 의자에 앉아 다리를 벌리면 그녀들은 무심하게 말했다. 힘 빼라고 했죠. 이제 마취약 들어가요. 그러고는 전신마취가 시작되었다. 마취에서 깨어나면 약간의 구토와 함께 온몸이 얻어맞은 것처럼 욱신거렸다. 각성된 의식을 따라오지 못하는 몸이 쇳덩이처럼 무거웠다. 그때의 기억이 떠오르자 엉덩이께가 뻐근했다. 알 수 없는 서러움이 뒤늦게 치밀었다.

'미안하다고?'

열일곱 살이 된 다른 모든 여자아이와 마찬가지로, 나는 고등학교 1학년 때 피 검사와 초음파 검사로 이루어진 임신 가능성 기초 검사를 받았다. 이 검사에서 80%의 아이들이 떨어져 나갔다. 그 아이들의 등급은 D나 F였다. 하지만 나는 그 뒤로 3년 동안 두 달에 한 번씩 난자 채취 시술을 받아야 했다. 첫 번째 검사에서 C+등급을 받았기 때문이었다.

애매한 등급이었다. 임신이 아주 불가능한 건 아니었던 것이다. 2학년 때까지 C-에서 B- 등급 사이를 어지럽게 오가던 내 난자는 내가 3학년이 되자 B+로 성큼 올라서더니 3학년 2학기 때는 A0 등급으로 쭉 유지되며 안정기에 접어들었다. 이유는 알 수 없었다. 3학년 들어 내가 한 건 오르지 않는 수학 성적 때문에 그전보다 초콜릿을 많이 먹고 살이 3kg 정도 찐

것뿐이었으니까.

차라리 처음부터 낙제점이었다면 얼마나 편했을까. 국가는 혜택을 줘도 될 존재라는 확신이 생길 때까지 나를 관찰했다. 나는 배란 유도제를 먹고, 낭포가 잘 자라고 있는지 초음파 검사를 받고, 다시 융모성 생식선 자극 호르몬 주사를 맞았다. 검사 당일에는 헝겊으로 된 바늘꽂이가 된 기분으로 수액과 항생제와 마취제 주사를 견뎌냈다. 체외 임신이 불가능했으므로 채취된 난자는 검사 용도로만 사용되었다. 채취가 끝나면 허리가 끊어질 듯 아팠다. 시술 의자의 차디찬 감촉이 꿈속까지 따라오는 날도 있었다. 남자로 태어났다면 좀 나았을까? 남자아이들에게는 포르노 잡지와 비디오, 그리고 멍청하게 생긴 플라스틱 컵이 주어진다고 들었다. 검사실에 들어가면 인간이라는 생각이 안 든다고 자조적인 농담을 주고받는 아이들도 있었다. 그래도 남자애들은 아프지는 않을 것이다. 그리고 첫 번째 검사를 받은 뒤 그전과는 완전히 다른 존재로 변해버렸다는 생각을 하지도 않을 것이다.

하지만 이런 생각을 해도 달라지는 건 없었다. 설마 내가 합격할까, 요즘 A등급 받는 아이들도 늘어났다던데. 순위에서 밀려 떨어지겠지. 나는 그렇게 생각한 게 다였다. 모의고사가 끝나면 로비에 대문짝만하게 붙는 전교 석차 옆에 난자 등급도 적나라하게 내걸리는 게 아니라서 그나마 다행이었다.

그런데 미안하다니.

뭔가로 세게 얻어맞은 기분이었다. 그때까지 그 일들 때문에 내게 사과라는 걸 한 사람은 아무도 없었던 것이다.

"이 모든 것에 대해 복수하는 방법이 한 가지 있어요."

선생님이 고개를 들었다. 쌍꺼풀이 길고 눈동자의 갈색이 짙은 눈. 그 눈에 물기 비슷한 것이 조금 맺혀 있었다. 거짓이라고는 생각되지 않았다. 돌이켜 생각하면 거기서 듣는 걸 멈췄어야 했을지 모른다. 하지만 그때 난 이미 그녀에게 인간적인 호감을 느끼고 있었고, 그 호감이 이성적인 판단을 마비시켜 버린 상태였다. 눈과 코가 찌르르하니 아팠다. 머릿속은 새로 받은 사물함처럼 깨끗하게 비어 있었다.

"아이를 낳아요. 그래서 건강하게 키우는 거예요. 국가에서 주는 혜택, 빼놓지 말고 다 받으면서요. 그 아이를 키워서, 이 더럽고 말도 안 되는 세상에 복수해요. 제대로 가르치고, 제대로 된 어른이 되게 해요. 그 아이가 자라서 세상을 바꿀 거예요. 현실적으로 생각해 볼까요? 세상이란 거, 그렇게 빨리 바뀌지 않아요. 우리 세대나 학생 세대에는 안 돼요. 나도 그걸 깨닫고 위원회에 들어온 거예요. 지금 화가 나고 억울한 기분이 든다고 임신을 포기하면 학생은 뭘 가질 수 있을까요? 아무것도 못 가져요. 화를 낼 때 내더라도 받을 건 받고 누릴 건 누려야 하지 않겠어요?"

선생님은 국가 경쟁력이나 산업의 위기, 불황이나

고령화처럼 뻔해서 귀를 닫고 싶어지는 말들은 꺼내지도 않았다. 다만 내 귀에는 몇몇 단어가 계속 맴돌았다. 싸워본 사람이라잖아. 경찰한테 맞기도 해 봤다잖아. 그 말의 힘은 놀라웠다. 나는 거리에 나가본 적도, 맞아본 적도 없었다. 뉴스레터 몇 통 읽은 게 다였다. 그런데 그런 경험들을 해본 사람이, 어른이, 안 된다고 말하고 있었다. 바뀌지 않는다고.

잘 모르겠다. 바이러스는 내게 무엇을 요구하고, 기대하고 있는 것일까. 이 질문은 질 나쁜 농담과 신의 계시 사이를 시계추처럼 오가면서 오랫동안 나를 괴롭혔다.

이해할 수가 없었다. 대기가, 물이, 토양이, 거기서 나온 모든 먹거리가 그토록 나빠졌다면 왜 우리 몸의 다른 부분에는 아무 이상도 나타나지 않았을까.

왜 우리의 머리카락은 백발로 변하지 않았고, 우리의 피부에는 부스럼이 생기거나 괴사가 일어나지 않았을까.

왜 돌연변이는 우리의 생식 세포에만 영향을 끼쳤을까.

그리고 돌연변이가 일어난 많은 사람 가운데 왜 나에게는 아직 생명을 잉태할 가능성이 남아 있는 것일까. 이 모든 일은 그저 우연일까.

나로서는 우연 이상의 의미를 부여하지 않기가 너무 어려웠다. 무언가가 나를 재촉하고, 어떤 목표를 수행하라고 떠미는 것 같았다.

희미한 임신 가능성이나마 발견된 사람들의 98%는 십 대였다. 이십 대 이상인 사람들은 2%에 불과했다. 임신은 십 대에 해결해야 하는 문제가 되었다.

1학년 때부터 '생물학적으로 올바른' 것에 대한 개념은 귀가 아프도록 들었다. 아이를 가질 수 있는 사람이 그렇지 않은 사람보다 우월한 게 아니라는 사실도 배워서 알고 있었다. 하지만 누릴 건 누리라는 말을 듣자, 내 마음속 화면에는 나도 모르게 내 난자의 모습이 떠올랐다. 한 번도 직접 본 적은 없지만 그것은 왠지 과묵하면서도 대견스러워 보이는 덩어리일 것 같았다. 묵묵히 버티기를 잘하는, 작고 하얗고 둥근 덩어리.

가장 최근에 채취한 A0등급 견본. 오염된 환경과 누적된 유해 물질의 영향력을 이겨낸 나의 일부.

다행인 거구나, 나는.

나도 모르게 그렇게 생각했다.

선생님이 다시 말했다. 낭랑하고 부드러운, 사람의 마음을 빼앗아가기 충분한 목소리였다.

"우리는 모두 오염됐어요. 죄 많은 세상을 만들었고, 그 안에서 살고 있죠. 하지만 이건 우리의 본래 모습이 아니에요. 어렵지만, 우리는 본질을 기억하려는 노력을 해야 해요. 생명을 잉태한다는 게 본래부터 무섭거나 억울해할 일이었나요? 아뇨, 전혀 아니었어요. 인간이 신으로부터 받은 고귀한 축복이고 기쁨이었죠. 그렇지 않나요? 아기의 귀여운 눈망울을 생각해 봐요. 그 꼬물거리는 손가락을 생각해 봐요. 엄마를 보고 짓는 해맑은 웃음을요. 새 생명의 창조라는 특권을 누리고 싶어도 누릴 수 없는 수많은 사람을 생각해 봐요. 이건 그냥 특권이 아니에요. 전 세계를 통틀어 십 퍼센트의 사람들만이 갖는, 그야말로 엄청난 일생일대의 특권이라고요. 그렇지 않나요?"

나는 넋 나간 듯 그 목소리를 듣고 있었다.

묻지 못한 이야기

희나의 목소리가 듣고 싶었다.

그 아이가 화를 내면,

천하에 빌어먹을 년이라고 욕을 하면 묵묵히 들을 작정이었다.

그리고 늦었지만 말하고 싶었다.

미안하다고. 너를 혼자 둬서 미안하다고.

포도 맛 껌을 씹으며 전화기를 들고 삼십 분째 화면만 만지작거리고 있었다. 이상하게 침이 고이고 자꾸만 마음이 초조해졌다. 껌은 두 통째였다. 전화를 걸어 목소리를 듣고 싶다는 생각과 이제 와서 무슨 자격으로, 하는 생각이 번갈아 스쳐 갔다.

내게 주어진 시간은 3개월이었다. 임신 가능성 검사에 최종 합격한 아이들은 그 기간 내에 상대를 정해 관계를 가져야 했다. 통과는 했지만 내 몸속에는 프로스타글란딘256이 여전히 존재해서 3개월 뒤에도 난소

에서 지속적으로 A등급 난자가 생산되리라는 보장이
없었다.

불과 며칠 차이로 난자나 정자의 상태가 심하게 나
빠져 기회를 놓치는 일이 비일비재했기 때문에 뉴스
사회면에는 매일같이 그와 관계된 소송과 분쟁 기사
가 오르내렸다. 대개는 기간 내에 절차를 밟지 않아
시기를 놓쳐버린 합격자들의 과실로 판결이 났다.

센터에서 오리엔테이션을 받고 예비 맘 등록을 하
고 돌아온 뒤 나는 아침부터 밤까지 짬만 나면 자료
를 검색해 읽었다. 중학교 때 한동안 퍼즐에 중독됐을
때처럼 손이 제멋대로 움직였다. 하지 말자고 마음먹
었지만 그만둘 수가 없었다. 예전에는 관심도 없고 내
일도 아니라고 생각했던 이야기들이 이제 절박한 현
실이 되었으니까.

곧 몇 가지 사실을 알게 됐다. 예전에는 다른 방법
들도 있었다. 우선 난자와 정자를 채취해 시험관에서
수정시킨 뒤 수정란을 자궁에 이식하는 시험관 아기

시술이 있었다. 그리고 정액을 농축 세정한 뒤 여자의 자궁에 주입해 수정을 유도하는 인공 수정 시술도 가능했다.

이제는 그렇지가 않았다. 임신하기 위해서는 오직 '대자연 본래의 방식대로' 남자와 여자가 관계를 갖는 방법밖에 없었다. 오염물질 속에서 발생한 NF 바이러스는 돌연변이를 유발했다. 남자들의 정자 단백질 일부가 변성되었다. 난자의 정자 수용체에도 변이가 일어났는데, 그 수용체를 통해 난자와 정자가 결합되지 않으면 임신이 불가능했다. 시험관 아기의 경우에는 그 수용체를 통한 수정이 아니어서 수정란이 사멸해 버렸다. 한편 인공 수정의 경우에는 일단 몸 밖으로 나온 정자가 특이 단백질 이상을 일으켜 죽어버리는 일이 많았으므로 임신이 성사되기 어려웠다.

돌연변이를 일으킨 정자와 난자 중에서도 생식 능력을 보전해낸 일부, 그중에서도 오직 여성의 몸 안에 직접 사정되어 만난 정자와 난자만이 아기를 만들어

낼 수 있었던 것이다.

1학년 때 학교에서 조용히 사라진 아이들이 생각났다. 우리 반에서는 두 명이었다. 정확히 말하면 그만둔 게 아니라 임신을 안정적으로 유지하기 위해 쉬는 것이었고 출산 뒤 학교로 돌아올 거라고 선생님은 말했지만, 내가 2학년이 되어도 그 아이들은 학교에 나타나지 않았다.

2학년 때는 한 명이었다. 그 아이는 나와 조금 친했다. 아니, 사실은 '조금'보다는 더 많이 친했었다.

희나는 보라색과 여름에 열광했고, 국사와 세계사를 좋아하고 화학을 싫어했다. 선생님이 돼서 교과서에 나오지 않는 역사를 아이들에게 제대로 가르치고 싶다고 말하던 아이.

그 아이는 우리 아버지가 엄마와 나를 떠나버렸고, 그 뒤로 내가 아버지에 대해 어떤 마음을 갖고 지내왔는지 조금이나마 알고 있는 유일한 아이였다.

희나는 임신 8주가 될 때까지 학교에 다니다가 입

덧 때문에 나오지 않게 됐다. 하긴 계속 나왔어도 아이들끼리의 미묘한 감정 때문에 견디기는 어려웠을 것이다.

마지막으로 본 그 애의 모습이 떠올랐다. 화장실에서 나는 마지못해 그 애의 등을 두드려 주었다. 희나는 웃는 건지 우는 건지 모를 창백한 얼굴로 캑캑거리며 말했다.

"야, 있지. 진짜 웃겨. 물만 먹어도 토가 나온다? 떡볶이 냄새도 못 맡겠어. 나 이러다 정말 대학 못 가는 거 아냐?"

나는 여전히 그때 그 애가 짓고 있던 표정이 기쁨이었는지 슬픔이었는지 알지 못한다. 1초라도 빨리 교실로 돌아가고 싶다고만 생각하고 있었으니까. 그 애와 같이 있는 모습을 다른 아이들에게 보이고 싶지 않았다.

희나네 집은 그리 잘사는 편은 아니었다. 희나 아버지는 몇 년 전 전국의 대안 학교가 차례로 문을 닫았을 때 교직을 그만두셨고, 청년들을 대상으로 무슨 사업인가를 시작하셨지만 결국 아무런 성과도 수익도 내지 못해 접었다고 들었다. 임신했지만 그 애는 학교에 가능한 한 오래 다니고 싶어 했다. 하지만 상황이 만만치 않았다. 초기여서 배는 전혀 나오지 않았지만 소문은 빨랐고, 쉬지 않고 화장실을 들락거려야 했으니 숨길 방법이 없었다. 아이들은 약속이라도 한 듯 희나를 투명인간 취급하기 시작했다. 결국 8주가 한계였다. 희나가 학교에서 사라진 뒤로 나는 다시 그 애에게 연락해보지 못했다. 사실은, 해보지 않았다.

희나의 임신을 알게 된 날부터 나는 복잡한 감정에 시달려야 했다. 그 전날까지는 분명 나와 배를 툭툭 치며 농담을 주고받던 사이였는데, 이제 더는 그래서 안 될 것 같다는 생각이 들었다. 아기가 놀라니까? 물론 그것도 있었다. 하지만 그게 다가 아니었다. 희나는 며칠 만에 아주 이상한, 내가 알지 못하는 존재로 변해버렸다. 조그만 희나의 몸에 들어 있는 건 이제 한 사람이 아니라 두 사람이었다. 희나는 걸을 때도 조심조심 걸었고 그렇게 좋아하던 셉템버 보이즈의 팬질도 음악이 너무 시끄럽다는 이유로 딱 끊어버렸다. 전생에서부터 이어져 온 자신의 엄청난 운명을 깨닫기라도 한 것처럼 갑작스레 벅찬 표정을 짓고 다니기 시작한 희나에게 난 거리감을 느낄 수밖에 없었다. 그 아이가 들려주던 흥미로운 책과 영화 이야기도 마치 블랙홀에 빨려 들어가 버린 것처럼 사라졌다. 이제 희나는 초음파로 본 작은 콩알처럼 생긴 아기 얘기, 몇 주차에는 뭐가 생긴다는 얘기, 어떤 출산용품을 사야 한다는 얘기밖에 하지 않았다.

이쯤에서 오해를 피하고자 밝혀 두자면 나는 아이들을 좋아한다. 특히 그 미소를. 거리에서 드물게 어린아이를 마주칠 때마다 나는 걸음을 멈추고 잠깐 넋을 잃었다. 장난을 치며 이리저리 뛰어다니거나, 마치 사과즙처럼 새콤하고 물기 많은 목소리로 웃음을 터뜨리는 아이들을 보면 마음이 편안해졌고, 그런 존재들이 더 많았던 옛날에는 '세상이 참 아름다웠겠구나' 생각하곤 했다. 영화 속에서 아주 어린 아기를 볼 때면 우리 모두 한때는 저런 모습이었겠구나 싶어 조금 슬퍼지기도 했다.

하지만 내가 희나에게 느낀 거리감과 그건 완전히 별개의 문제였고, 나의 유일한 친구를 내가 좋아하던 존재에게 빼앗겼다는 사실은 내 머릿속을 더 어지럽게 만들 뿐이었다. 그리고 더 큰 문제는 내가 그 애에게 물어볼 수가 없다는 거였다.

'어땠어?'

'무섭지 않았어?'

그리고 '아빠가 누구야?'

그 간단한 질문들을 할 수가 없었다. 해서는 안 되는 것이었으니까. 임신 가능성 검사에 관계된 모든 사항은 성적이나 집안 사정보다 훨씬 민감하고 사적인 부분이었다. 친한 친구라도 인연을 끊을 작정이 아니라면 묻지 않는 게 제대로 생각이 박인 인간의 상식이었다. 검사 결과가 나왔는지, 등급은 뭔지, 계속 받아야 하는지, 그만 받아도 되는지. 두 달에 한 번 검사 결과를 통보받는 날, 누가 볼까 봐 메시지를 곧바로 지워버리고 전화기를 주머니에 넣을 때면 나는 이렇게 외로운 일을 다들 어떻게 해내고 있는 것인지 궁금했다.

사실 희나는 말해 주려고 했던 것 같다. 임신했다는 사실도 내게 먼저 말해 줬으니까. 그리고 이렇게 묻기까지 했으니까.

"야, 너 왜 안 물어봐? 안 궁금해, 아기 아빠가 누군지? 걔, 되게 좋은 앤데."

그런데 어째선지 나는 물을 수가 없었다. 그 질문을 끝내 할 수 없을 거라는 사실을, 그리고 그걸 물을 수 없는 한 그 애와 계속 친구로 지낼 수는 없으리라는 사실을 깨달았다.

그래서 마지막에는, 뒷자리 아이들이 뿌려 놓은 지우개 똥을 그 애가 머리카락에 묻힌 채 걸어 다녀도 모른 척 방치했다. 사실 나도 피해자라는 생각도 없지는 않았다. 그 애와 친하다는 이유만으로 나도 잠시나마 함께 따돌림을 받았고, 그때의 일들을 없던 거로 할 수는 없으니까.

어떻게 해도 되돌릴 수 없다는 생각이 뒤늦게 떠올랐다.

최희나, 너 지독하게 외로웠겠구나. 이렇게 이상한 기분이라니.

나는 합격 통보만으로도 이런 기분인데, 그 애는 임신까지 했고, 그 모든 걸 혼자 감당해야 했던 것이다. 그리고 나는, 그 애가 나를 필요로 할 때 곁에 없었다. 그 뒤로 몇 번이나 전화가 걸려왔지만 받지 않았던 것이다.

두 통째의 마지막 껌에서 단물이 다 빠졌다. 나는 껌을 뱉고 심호흡을 했다. 전화기 버튼을 눌렀다.

나 자신이 비겁한 기회주의자 같았지만 그래도 할 수 없었다. 희나의 목소리가 듣고 싶었다. 그 아이가 화를 내면, 천하에 빌어먹을 년이라고 욕을 하면 묵묵히 들을 작정이었다. 그리고 늦었지만 말하고 싶었다. 미안하다고. 너를 혼자 둬서 미안하다고. 수화기 저편에서 아무 말이 없더라도, 적어도 그 애의 침묵만이라도 듣고 싶었다. 그리고 묻고 싶었다. 잘 지내니? 너, 잘 지내는 거야?

신호음이 가고, 딸칵, 전화가 연결되었다.

"지금 거신 번호는 없는 국번이오니 다시 확인하시고 걸어 주십시오. 더 넘버 유 저스트 콜드 이즈……."

아니, 그래서가 아니었다.

물을 수 없었던 이유는 '어째선지'가 아니었다.

아이들은 인생의 중대한 결정을 내린 희나를 응원하거나 격려해 주지 않았다. 가는 곳마다 적대감으로 된 보이지 않는 벽을 세워 놓고 그 아이가 거기 부딪쳐 넘어지거나 우스운 꼴을 당하기를 기다렸다. 처음에는 막연히 낯선 것에 대한 경계라고만 생각했다. 그러나 그 감정의 한가운데에는 시기와 질투가 돌멩이처럼 단단하게 뭉쳐 있었다. 희나가 갖게 된 건 집과 자동차와 보조금만이 아니었다. 그건 어떤 확실함, 이 세상에 존재해도 된다는 사회로부터의 어떤 인정이었다. 너무 일찍 그 아이에게 도착한 행운이 다른 모든 아이에게는 낙인이었다. 저 아이는 완전하지만 너는 아니라는, 너는 결함이 있다는, 그러므로 그렇게 확실한 것들을 가질 자격이 없다는. 우리는 각자가 지닌 그 일그러진 생각과 감정들을 받아들이는 방법을 알지 못했기 때문에 이질감이라는 손쉬운 감정을 내세운 것이다.

정말 이상했다. 우리는 모두가 한때는 이런 일이 부당하다는 생각과 함께 분노를 품고 있었는데. 어떻게 해도 그 현실이 달라지지 않는다는 사실을 알게 된 뒤로 우리는 일부러 큰 소리로 농담을 했다. "아, 젠장. 나도 A등급 받아서 인생 리셋해야지!" 하고 말이다. 자신이 동물 취급당하고 있다는 사실은 너무 역겨웠고, 우리는 아무렇지 않은 척 그런 농담이라도 해야 했다. 자신의 진짜 현실과 속마음은 절대로 말할 수가 없었으니까. 우리는 한껏 떠들어댔다. 어쩔 수 없이 난 자에 등급이 매겨지고는 있지만 그런 제도에 절대로 동의하지 않는 것처럼, 우리에게는 절대로 A등급 같은 일이 일어나지 않을 것처럼, 모든 게 남의 얘기인 것처럼. 그런데 막상 희나의 몸이 달라지기 시작하자 부러움 때문에 그 애를 미워하기 시작한 것이다.

아이 아빠가 될 사람을 고르는 데 3개월은 너무 짧다고들 흔히 생각하지만, 희나에게는 충분한 시간이었는지도 모른다. 누가 그 시간의 길고 짧음에 옳고 그름의 잣대를 가져다 댈 수 있을까? 희나는 정말로 사랑하는 사람을 만나, 그 사람의 아기를 갖고, 우리보다 한발 앞서 어른스러운 선택을 한 것이었는지도 모른다. 그런데 우리는 그 애를 백안시했다. 임신하면 따라오는 그 모든 혜택 때문에, 희나를 돈에 눈이 먼 아이, 천박한 아이라고 멋대로 재단해버렸다. 잘못된 것은 제도이지 희나가 아니었는데도.

그리고 내 마음속에는 정말 인정하기 싫지만 두려움도 있었다.

희나 아이의 아빠가 내가 아는 누군가가 아닐까, 정확히 말하면 내가 좋아하는 누군가가 아닐까 하는.

고백

밀에게는 그런 게 없었다.

눈에 뜰 만한 장점도 거슬리는 결점도 없는

그 아이가 나는 신기했다.

어떻게 그렇게 할 수 있지?

난 가끔 물어보고 싶었다.

밀은 이목구비가 뚜렷한 편도 아니었고, 피부가 희지도 까맣지도 않았다. 평범하기 그지없는 모양의 금속테 안경을 썼고, 날씨가 덥거나 추운 날이면 코와 입 주위에 불그스름한 잡티 몇 개가 올라와 얼굴 전체를 다소 연약한 인상으로 바꿔 놓았는데 그게 외모에서 유일하게 독특한 점이었다.

밀은 선생님들이 치켜세울 만큼 성적이 좋지도 않았고 농구 시합에서 여자애들의 시선을 받는 타입도 아니었다. 농담을 적절히 구사해서 분위기를 띄우는 능력 같은 건 없었다. 시선을 끌 마음도 별로 없는 듯했지만, 지나치게 과묵해서 존재감이 없을 정도도 아니었다. 내가 밀을 다른 아이들과 구별 짓는 기준은 일종의 균형이었다. 남들에게 보이는 자신을 튀어나오는 곳이 없도록 솜씨 있게 매만지는 능력. 그걸 균형이라고 생각했다.

나를 비롯한 여자애들도 마찬가지였지만, 그 무렵의 남자애들 역시 자신을 이루는 갖가지 특징과 콤플렉스 들을 의지대로 통제하는 힘 같은 건 없었다. 보통은 어딘가 한 군데쯤 볼썽사납게 튀어나온 곳이 있기 마련이었다. 얼굴이 좀 잘생겼다 싶으면 이상한 소문이 따라다녔고, 친화력이 좋아서 누구와도 금세 친해지는 아이인가 하면 여자애들을 열등한 동물 취급하는 말을 내뱉어서 공분을 샀다. 수학과 과학을 천재다 싶을 만큼 잘하는 아이가 있었지만, 마치 기침을 하라는 명령을 받은 기계처럼 쉬지 않고 기침을 해대서 아무도 그 아이에게 말을 걸지 않았다. 반 아이들이 돌아가며 쓰는 모둠 일기에 깜짝 놀랄 만큼 근사한 시를 적어 넣는 아이도 있었는데, 그 아이의 문학적 재능은 그 아이가 왕따라는 사실을 상쇄시키기보다는 비웃음을 가중하는 역할을 했다. 그 아이는 체구가 큰 데다 자신도 주체하지 못할 정도로 체중이 많이 나가서 교복을 특별 주문해 입어야 했다. 쉬는 시간뿐 아니라 수업시간에도 먹을 것을 입에 집어넣고 있다가 선생님에게 걸리는 일이 비일비재하기도 했다. 아이들에게 그 아이는 그저 냄새나는 돼지였다. 그때 우리는 누구도 남을 향한 그런 일련의 평가들을 잔인하다고 생각하지 않았다. 자신의 결점도 타인의 결점도 너그럽게 받아들이는 능력이 생기기 전이었으니까.

밀에게는 그런 게 없었다. 눈에 띌 만한 장점도 거슬리는 결점도 없는 그 아이가 나는 신기했다. 어떻게 그렇게 할 수 있지? 난 가끔 물어보고 싶었다. 다른 것들도 묻고 싶었다. 밀의 모든 것은 내게 괜찮아 보였고, 그 아이와 친해지면 친해질수록 점점 더 많은 새

롭고 괜찮은 것들이 펼쳐질 것 같았다.

하지만 난 자신이 없었다. 그래서 아무도 모르게 그 아이를 바라보기만 했다. 가슴이 아프다거나 몸에서 열이 날 만큼의 감정은 느껴본 적이 없었다. 다만 데이터베이스에 접속하기 전에 한번은 그 아이를 만나봐야 한다는 생각이 들었다. 밀에게 그 질문을 하지 않고 한 아이의 엄마가 될 수는 없었다.

밀은 조금 놀란 목소리로 전화를 받았다. 하지만 왜 만나자고 하는 건지는 묻지 않았다. 맥도날드에 앉아 조금 기다리고 있자니 까만 비니를 쓰고 목도리를 두른 밀이 들어왔다. 뭐 먹을래? 그게 밀이 나를 향해 던진 첫 번째 말이었다. 3년 내내 같은 반이었던 그 아이에게 나는 펜을 빌려달라거나 의자를 조금만 당겨달라는 말조차 건네 본 적이 없었고 그 아이도 마찬가지였다.

뭐 먹을래? 밀의 목소리는 내 예상대로 '괜찮았지

만' 그 말은 다소 낯설고 시시하게 느껴졌다.

나는 맛을 느끼지 못한 채 치즈버거를 먹고 콜라를 마셨다. 밀이 물었다.

너 대학 붙었지? 어디라 그랬지? 아, 거기. 좋겠다. 축하해. 나 아는 형이 거기 다니는데. 굉장히 웃기는 형이야. 들어가면 찾아봐. 나도 붙었는데. 어, 어떻게 알아? 그렇구나. 응, 맞아. 점수가 좀 모자랐는데 담임이 그냥 거기 쓰라고 해서…….

이어지다 끊어지고, 또 이어지다 끊어지는 어색한 대화가 계속되었다. 최대한 천천히 씹으려고 했지만 치즈버거는 금세 끝나버렸다. 차라리 학교 앞에 새로 생긴 와플 집에 가자고 할 걸 그랬나. 하지만 거긴 너무 밝았고 눈에 띄기도 쉬웠다. 바보 같았다. 왜 좀 더 신중하게 생각하지 않았을까. 너무 어른스럽거나 촌스러울 만큼 비장해 보이는 장소를 선택하기는 싫어서 고른 곳이었는데. 아무리 그래도 맥도날드는 너무 성급한 결정이었다. 주위를 둘러보니 우리 학교 아이들은 아무도 없었다. 옆 테이블에서는 아주머니 두 분이 앉아 감자튀김을 입에 넣으며 낮은 목소리로 알 수 없는 이야기를 늘어놓고 있었다.

"그래서 한약은 먹여 봤어? 어디? 어디서 지었어? 한약 먹이면 효과 있다는 거, 정말인지 모르겠네. 무슨 탕? 그건 여자애들 먹는 거 아닌가…… 사내애도 돼? 응? 그래, 그렇지, 좀 있어 봐야 효과가 나든 말든 하겠지……."

그 분들 옆에서, 밀은 예의 바르지만 차갑지는 않은 말투로 질문하고 내가 지루해하지는 않는지 표정을 살폈다. 마주 앉아 말을 하고 있자니, 마치 그 아이와 내가 3년 내내 밥을 같이 먹고 무람없이 대화를 주고받아온 사이처럼 느껴졌다. 그 사실이 내겐 상처가 되었다. 이 아이는 갑자기 만나자고 한 나를 왜 이상해하지 않는 걸까? 혹시 나를 자신이 아는 다른 아이와 착각하고 있는 건 아닐까 의심될 정도였다.

"우리 집 놈이 어제는 갑자기 묻는 거야. 엄마는 세

상이 공평하다고 생각하느냐고. 갑자기 그게 뭔 소리니. 내가 왜 그러느냐고 물었더니, 자기는 불공평하다고 생각한대. 자기네 반에 돈이 없어서 점심을 못 먹는 애가 있다는 거야. 엄마, 엄마랑 아빠는 빌딩이 있어서 일하지 않아도 먹고살지만 그 애는 밥도 못 먹고 종일 굶는데 세상이 불공평하지 않아? 이러는 거야. 내 속이 안 뒤집히겠니. 진짜 기가 딱 막히더라니까. 자식새끼 키워봐 봤자 아무짝에도 쓸모없다더니, 내가 그런 말을 들으려고 그 고생을 했을까⋯⋯. 불공평하긴? 너무 화가 나서 내가 그랬어. 속 썩이는 세입자들 관리하고, 남들은 다 집값 올리는데 안 올리고 봐줄 사정 안 봐줄 사정 다 봐주고, 그러는 게 얼마나 신경 곤두서고 피 마르는 일인지 네놈 자식이 아느냐고. 자기도 알잖아. 부모한테 그깟 코딱지만 한 땅 조금, 집 조금 물려받았다고 우리가 힘든 게 없니. 아니잖아. 속에서 천불이 올라오는데, 참다 참다 그런 말까지 해버렸지 뭐야. 불공평? 그래 세상 불공평한 거

맞다 이놈아, 어떤 집 자식들은 잘만 합격해서 부모한
테 차도 해 주던데, 너는 좋다는 건 다 해다 먹였는데
도 어째서 그 모양이냐고."

옆자리 아주머니들은 나갈 기색이 없었다. 정말로
열이 오르는지 높다란 아이스크림을 한입에 밀어 넣
고 있었다. 도저히 그 자리에서는 안 될 것 같아서 나
는 가방을 챙겨 일어섰다. 밀이 내 얼굴을 보더니 서
둘러 자리를 정리했다.

뺨이 얼얼해지도록 차가운 바람을 맞으며 몇 분쯤
걸었다. 카페에 들어가야 하나? 아니면 노래방 같은
곳에 가야 하는 건가? 나는 결국 한 번 더 용기를 내
기로 했다. 학교 뒤쪽 언덕길을 조금 내려가면 나오는
공원 쪽으로 앞장서 걸었다. 우리 학교 아이들이 종종
들르는 곳이었지만 영하의 날씨에 부러 찾아올 아이
들은 없을 것 같았다. 공원 입구에 도착하자 밀은 주
위를 둘러보더니 자판기에서 캔커피 두 개를 뽑아 가
져왔다.

우리는 벤치에 나란히 앉았다. 공원은 내 짐작보다 추웠다. 입에서 연기 같은 입김이 줄줄 새어 나왔다. 목도리에서 침 냄새가 새큼하게 올라왔다. 바람이 수세미처럼 얼굴을 쓸었다. 캔커피는 그다지 도움이 되지 않았다. 어딘가 도로 들어가고 싶다는 생각밖에 들지 않았다. 바보 같았다. 모든 게 다.

안 추워? 밀이 물었다.

추워. 나는 멍청하게 대답했다.

이렇게 추운데 왜 첫눈은 안 올까. 이상기후가 너무 길어. 밀이 말했다. 핫팩이라도 하나 사올 걸 그랬나. 참, 핫팩 있잖아. 그거 어떤 원리로 따뜻해지는지 알아? 핫팩을 꺾으면…….

밀이 설명하기 시작했고, 그 순간 나는 깨달았다. 내가 오래전부터 희미하게 예감하고 있었다는 사실을 말이다. 이가 딱딱 부딪치도록 추운 이런 날, 적절치 않은 장소에 앉아 몸을 떨면서, 이렇게 이상한 대화를 하며 견디다가, 더 이상한 말을 밀에게 건네게 될 거라고.

시간을 더 끌기가 어려웠다. 그랬다가는 몸이 꽁꽁 얼어붙어 버릴 것 같았다.

"저, 물어보고 싶은 게 있는데."

"응?"

"너 혹시, 검사 합격했니?"

"응?"

"위원회…… 검사……."

밀은 말이 없었고, 나는 차마 옆을 돌아보지 못했다. 당연히 '아니'라는 대답이 돌아올 거라 믿고 있었다. 확률상 그게 이치에 맞았다. 합격은 지극히 드문 경우인 데다 그동안 3년이라는 시간이 있었다. 밀이 우연히 나와 비슷한 시기에 합격해 아이 엄마가 될 사람을 찾고 있을 가능성은 없다고 봐도 좋았다. 나는 아니라는 그 말을 듣기 위해 그 자리에 있었다. 내 안에 있는 일말의 희망을 향해 방아쇠를 겨누고, 당긴 것이었다. 확인 사살이었다.

그런데 잠시 뒤 들려온 건 짐작과는 다른 대답이

었다.

"아, 그 검사…… 응, 아기. 태어났어, 작년에. 아니, 우리 학교는 아니고. 아니, 결혼은 안 했어. 같이 살지도 않고, 그냥……. 연락도 안 해."

견디기 힘든 침묵이 조금 더 이어졌다.

"입양, 했어. 그래서 사진은 없어. 다들 그런다고들 하길래……."

나는 겨우 입을 움직여 그렇구나, 하고 중얼거렸다. 캔에서 쏟아져 나온 커피가 코트에 묻었다. 정신 나간 사람처럼 손을 움직여 그것을 닦아냈다. 더 할 말이 없을 줄 알았는데 입에서 제멋대로 말들이 쏟아져 나왔다. 아니, 미안해하지 마. 나는 그냥 전혀 몰라서, 내가, 얼마 전에 검사 결과가 나왔는데, 혹시 말이야, 혹시……. 아니, 아니야. 내가 미안해. 잊어버려. 미친 소리를 들었다고 생각해. 그냥 잊어버리라니까. 아무한테도 말 안 해. 어차피 이제 곧 졸업인데, 내가 누구한테 말을 하겠니. 그러니까, 그러니까.

잠깐만! 밀이 소리쳤다.

정신을 차려 보니 나는 벤치에서 일어나 공원 입구로 뛰다시피 걷고 있었다. 이상하게도 몸이 마비된 것처럼 더는 추위가 느껴지지 않았다. 밀이 뛰어왔다. 그러더니 내 손을 붙잡았다.

"가지 마."

"……"

"너, 나 좋아하니?"

"……"

"우리 사귈래?"

밀이 물었다.

나는 그냥 서 있었다. 방금 들은 말이 온몸을 타고 퍼지며 수없이 많은 조그만 칼날로 바뀌어 몸속 곳곳의 살을 저미고 도려내는 걸 느끼면서. 나는 내 앞에 서서 웃음을 지으려고 애쓰고 있는 소년의 얼굴을 들여다보았다. 찬바람 때문에 코는 빨개졌고, 입술 주위에는 불그스름한 뽀루지 몇 개가 올라와 있었으며, 전에는 알아차리지 못한 짤막한 수염이 여기저기 돋아 나 있었다. 그 얼굴에는 무거움이, 얼마나 무거운지 내 가 짐작할 수 없는 무거움이 가라앉아 있었고, 동시에 고백을 들었다는 숨길 수 없는 기쁨이, 당당함이, 그 리고 우쭐거리는 마음이 배어나고 있었다.

그 아이가 내가 모르는, 길에서 우연히 만난 아이였 으면 좋겠다고 생각했다. 하지만 그 아이는 밀이 맞았 다. 지극히 평범해서 그 점이 특별한 매력이라고 생각 했던 아이. 밀이 내 대답을 기다리고 있었다. 그 애의 손은 따스하기만 했다.

선택하지 못하다

마음속에서 종이 같은 게 바스락거리는 소리가 들렸다.

무엇이 씌어 있는지 알 수 없는 그 종이는

자기 혼자 구겨졌다가, 다시 펼쳐졌다가,

힘없이 접히기를 반복했다.

대학들이 하나둘씩 합격자를 발표하면서 결석하는 아이들이 생기긴 했지만 졸업반 대부분은 특별히 할 일이 없어도 계속 학교에 나왔다. 여자애들은 약속이라도 한 듯 진한 색 립스틱을 발랐고, 다이어트를 시작하거나 머리 모양을 과감하게 바꾸는 아이들도 있었다. 남자애들은 주로 차가운 바람을 뚫고 운동장에 나가 농구를 하거나 집에서 가져온 만화책을 읽거나, 그도 아니면 책상에 엎드려 겨울잠을 자는 동물처럼 밀린 잠을 잤다. 나는 이어폰을 끼고 앉아 내 취향도 아닌 최신 인기가요 차트를 귀가 터지도록 반복해 들었다.

차라리 다시 안 봐도 된다면. 하지만 방학이 시작될 때까지는 교실에서 밀의 얼굴을 대해야 했다. 그 아이의 녹색 카디건과 목도리를, 그날 내 손을 잡았던 그 손을, 시야에서 벗어나게 할 방법이 없었다. 나는 결석하지 않았다. 그냥 집에 있어 버릴까 하는 생각도 들었지만, 왠지 그러면 지는 것 같아서였다.

그날 뒤로 밀과 다시 대화를 나눌 기회는 없었다. 눈이 마주치면 반쯤은 내가 먼저 피했고, 반쯤은 더는 힘들다는 생각이 들 때까지 그 아이의 눈을 마주 봤다. 말을 걸어올지도 모른다고 생각했는데, 밀 쪽에서도 내게 다가오지 않았다. 처음 이틀 동안은 밀도 조금 의아해 하는 눈치였지만, 그 뒤로는 그마저도 그 아이의 표정에 떠오르지 않았다. 사라졌다. 모든 게. 아니, 뭐가 있기는 했던가? 그리고 더는 아무 일도 일어나지 않았다.

위원회가 탄생시킨 십 대 부모가 아이를 낳자마자 입양시키는 경우가 많다는 얘기는 들어서 알고 있었다. 국가가 신경 쓰는 건 엄밀히 말해 출산율이었고, 태어난 아이를 누가 키우는가 하는 문제는 그다음이었다. 세상에는 아이를 원하는 사람들이 많았고, 생물학적 부모를 대신해 아이를 양육할 인력을 충분히 마련하는 게 정부가 세워 놓은 계획의 첫 번째 단계였으니까.

사정이 이렇다 보니 결혼도 양육도 선택 사항이었다. 물론 국가가 대놓고 입양을 권하진 않았다. 태어난 아이를 직접 키우지 않기 위해서는 꽤 복잡한 절차를 밟아야 했고 혜택도 절반으로 줄어들었다. 그러나 어떤 사람들이 말하듯 우리 같은 아이들의 입장에서는 어찌 보면 그게 현명한 선택일지도 몰랐다. 난임이 일상화된 세상에 줄 수 있는 것을 주고, 받을 수 있는 것을 받고, 손을 흔들고 원래 가려던 길을 가는 것. 밀에게는 자기 생명을 받고 태어난 아이가 세상 어딘가에 존재하게 된다는 사실보다 크고 무거운, 내가 짐작할 수 없는 여러 가지 사정이 있었을지도 모른다. 혹은 그 아이의 인생에는 그저 그보다 중요한 일들이 많았던 건지도 모른다. 대학에 가고, 새 생활을 시작하고, 여자친구를 사귀는 것. 그래서 밀은 내게 그런 말을 했을 것이다. 다른 상황에서 들었더라면 벅차고 떨리고 기쁨에 나를 잠 못 들게 했을 그 말을.

하지만 나는 무서웠다. 내가, 그 아이가, 겨우 열아홉 살이라는 사실이 무서웠다. 그날 밤 밀이 짓고 있던 복잡한 표정이 떠올랐다. 아무에게도 말할 수 없는 비밀을 자기 안으로 가라앉힌 채 이 시간을 버텨 내고 있는 그 아이가 무서웠고, 그 아이가 한 일을 그럴 수도 있는 일이라고 이해하려 애쓰는 내 마음이 무서웠다. 그리고 무엇보다 무서운 건, 어딘가에서 밀과 내가 나눈 것 같은 대화들이 수없이 오가고, 없었던 일들로 조용히 변해버리고 있을지도 모른다는 사실이었다. 우리가 이렇게 무거운 일을 감당해도 되는 것일까? 나는 아마 밀과 다시는 대화조차 나눌 수 없을 것이다. 그런데도 슬프지가 않았다. 슬픔은 어느 정도 물기가 있는 곳에서 자라난다. 내 마음은 그저 어느 먼 나라의 거대한 협곡처럼 갈라진 채 황량하게 펼쳐져 있어서 그 속을 걸어도 걸어도 물기가 느껴지지 않았다.

만약 내가 일 년만 일찍 합격 통보를 받았더라면. 그래서 거짓말처럼 밀의 아이를 낳았더라면. 그랬다면 밀은 지금쯤 다른 누군가에게 사귈래, 하고 묻고 있었을까? 지금 어딘가에서 옹알이를 하고 있을 밀의 아이는 어떤 얼굴일까. 떠올릴 수가 없었다. 그건 내 능력을 뛰어넘는 일이었다. 내 자리에서는 녹색 카디건을 입은 채 자리에 앉아 턱을 괴고 책을 들여다보는 밀의 뒷모습이 정면으로 보였다. 나는 이어폰으로 귀를 막은 채 눈을 감았다.

데이터베이스가 열렸다. 내 신상 정보를 입력하고

세 단계에 걸쳐 보안 코드를 두드리자 고딕체로 된 경고문이 적힌 쪽지창이 떴다.

본 데이터베이스는 국가 기밀이므로 본인과 직계 가족 외에는 열람을 금하며, 타인에게 알려 주거나 열람을 허락할 경우 관련법에 따라 엄중한 처벌을 받을 수 있습니다.

화면에는 나와 비슷한 시기에 '예비 대디'로 등록된 남자아이들의 목록이 펼쳐졌다. 1,482명. 사진과 이름, 나이, 남은 시간, 그리고 정자 등급이 간략하게 표시된 항목을 클릭하면 세부 사항을 볼 수 있었다. 그 아이들 역시 목록 가운데 끼어 있는 내 이름과 사진을 보며 누를까 말까 망설이고 있을 것이었다.

나는 의연해지려고 애를 썼다. 내가 마트 문을 열고 들어가 진열된 물건들을 훑어보고 있다는 생각 같은 건 하지 않으려고 마음을 가다듬었다. 해서는 안 되는 그런 생각을 일단 시작하면 끝도 없을 테니까.

"이건 사람들 사이의 약속이에요. 미래를 위해 약속을 할 사람을 찾는 거라고요."

나는 담당 선생님이 한 말들을 떠올렸다. 하지만 아무리 해도 선뜻 누군가의 이름을 클릭할 수는 없었다.

엄마는 아버지를 만나기 전, 젊은 시절에 결혼 정보 회사라는 곳에 등록된 적이 있다고 했다. 당시 대학 졸업반이던 엄마의 의사와는 상관없이 외할머니가 등록을 해버린 것이다. 그 무렵엔 외할아버지가 다니던 회사가 아직 탄탄해서 터무니없이 비싼 가입비를 낼 정도로 여유가 있었다고 했다. 엄마는 그 일로 외할머니와 크게 다퉜고, 결국 그 업체에서 주선해주는 데이트에는 한 번도 나가지 않고 탈퇴했다.

내가 그 얘기를 들은 건 초등학교 6학년 때였다. 결혼은 진심으로 사랑하는 사람하고 해야 한다고 생각했거든, 엄마가 중얼거리던 게 기억난다. 그래서 싫었어. 조건을 보고 만나다니 그런 건 바보 아니면 속물이나 하는 일이라고만 생각했거든. 나는 속물이라는 단어의 뜻을 정확히 몰랐으므로 묵묵히 듣고만 있었다. 이렇게 될 줄 알았으면 한번 나가나 볼걸. 내가 내 발등을 찍은 거지 뭐겠니. 엄마는 그렇게 말하며 웃었다. 진심으로 사랑해서 결혼한 아버지가, 살아가야 할 기나긴 세월만 남겨 놓고 우리를 떠난 것에 대해, 그런 아버지를 선택한 자신의 믿음에 대해 회한을 느끼는 것 같았지만, 그래도 그때 엄마는 농담할 수도, 웃을 수도 있었다. 그랬다. 그때는 아직 엄마와 아버지가 병원에서 마주치기 전이었다.

컴퓨터 앞에 앉은 나를 본 엄마는 아무 말도 하지 않았다. 꼼꼼히 살펴보고 결정하라는 잔소리도, 어디 한번 보자는 가벼운 참견도 없었다. 데이터베이스 화면을 슬쩍 들여다본 엄마는 한숨을 쉬더니 다녀올게, 말하며 서둘러 집을 나섰다.

엄마는 보험 설계사였다. 아버지와 헤어진 뒤 친척 어른 누군가가 소개해 준 일자리가 평생직장으로 굳어진 케이스였다. 삼사십 대에 큰 병에 걸리는 사람들이 늘어나 보험에 대한 수요는 예전보다 많아졌지만, 엄마의 실적이 그리 좋은 편은 아니어서 우수 사원에게 주는 보너스 같은 건 나오지 않았다. 사람들이 보험에 가입하게 설득하려면 사교적이어야 했는데 내가 아는 엄마는 별로 그런 성격이 못 됐다. 집에 보일러를 고치러 온 수리공 아저씨에게도 설명을 제대로 하지 못해 쭈뼛거렸고, 시장에서 물건값을 흥정할 때조차 망설이며 몸을 사려서 내가 대신 깎아 사는 일이 많았다. 쉬는 날 나와 둘이 집에 있을 때면 엄마는 목이 아프다며 거의 말을 하지 않았다. 대신 통에서 목캔디를 하나씩 꺼내 이가 걱정될 정도로 먹어대거나 TV 화면에 정신을 빼앗긴 채 한없이 피로한 얼굴로 앉아 있었다. 그런 엄마가 어떻게 매일 낯선 사람들에게 말을 걸고 그들의 미래를 들먹이며 가입 증서에 서명하게 하는지 나는 종종 궁금했다. 길에서 내게 다가와 참 복이 많으시네요, 라거나 우리가 모르는 천년 왕국의 비밀이 있답니다, 하고 속삭이는 사람들을 볼

때면 어쩐지 엄마가 떠올라 쉽게 불쾌한 표정을 지을
수가 없었다.

마우스 휠을 이리저리 돌리며 화면을 아래위로 스
크롤했다. 내가 포기하면, 등록금을 마련하기 위해 엄
마가 빚을 내야 하리라는 사실은 거의 확실했다. 그
빚을 갚으려면 엄마는 허리가 굽고 온몸이 쑤셔도 낯
선 사람들을 찾아다니며 보험 가입 증서를 내밀고 목
캔디를 씹어 물처럼 삼켜 가며 장광설을 늘어놓아야
할 것이다. 엄마를 생각하면 나는 제대로 된 결정을
내려야 했다. 주어진 정보를 제대로 검토하고, 우리의
남은 평생을 결정할 선택을 해야 했다. 나는 화면을
노려보았다. 창밖으로 노을이 내려앉기 시작했다. 3개
월에서 하루가 줄어들어 사라지려 하고 있었다. 누군
가를 미워하고 싶다는 생각이 잠시 스쳤지만, 그런 생
각이 창밖에 내려앉는 어둠의 속도를 늦춰주지는 않
았다.

마음속에서 종이 같은 게 바스락거리는 소리가 들

렸다. 무엇이 씌어 있는지 알 수 없는 그 종이는 자기 혼자 구겨졌다가, 다시 펼쳐졌다가, 힘없이 접히기를 반복했다.

나는 행복하지 않습니다

여자는 개찰구로 들어가지 않았다.

대신 사람들의 물결에서 일 미터쯤 떨어진 기둥 앞에 서더니

쇼핑백에서 주섬주섬 무언가를 꺼냈다.

둘둘 말린 종이 뭉치였다.

"부모님이랑 같이 와. 동의서로는 안 돼. 인터넷에서 다운받아 가라로 작성한 동의서 믿고 뽑았다가 하도 문제가 많이 생겨서, 안 되는 걸로 방침이 바뀌었어. 요즘 고등학생들 할 줄 아는 게 거의 없어. 하겠다고 했다가 멋대로 그만두고, 손님들 막 몰려드는 시간에 갑자기 안 나와 놓고 연락도 안 되고, 근무시간에 사고나 치고, 계산기 두드리는 간단한 일도 제대로 못해. 자기들 부모님 세대가 이 악물고 얼마나 열심히 일해서 살아왔는지는 생각도 안 하고 여기를 무슨 놀이터쯤으로 여기는 모양인데, 우리도 그런 알바는 필요 없어. 이월에 졸업이라고? 그럼 몇 달만 기다렸다가 대학생 되면 오지 왜 벌써 그래?"

언제나 얼굴 가득 미소를 머금고 주문을 받던 맥도날드 매니저 아저씨는 아르바이트를 하고 싶다는 내 말에 안색을 바꿨다. 짜증이 배어나는 말투와 반갑지 않아 하는 눈빛에도 불구하고 업무용 미소는 조각해 놓은 것처럼 입가에 걸려 있어서 아저씨는 매장 입구에 서 있는 새하얀 얼굴의 피에로 인형과 닮아 보였다.

열 군데가 넘는 커피 전문점과 편의점을 돌아다녀 봤지만 결과는 똑같았다. 다리가 아픈 데다 지쳐서 커피값으로만 만원이 넘는 돈을 써버렸다. 아저씨 말대로 몇 달만 기다리면 많은 것이 결정될 텐데 쓸데없이 조바심을 내고 있는 것일까. 하지만 그 몇 달을 어떻게 건너가야 할지 나는 알 수 없었다. 아이 아빠를 선택해야 하는 시점에 나처럼 아르바이트를 찾고 다니는 아이들이 얼마나 될까. 이건 배부른 고민일까. 그럴

지도 모른다. 하지만 나는 밥을 먹어도 배가 고팠다. 마음에 스며든 불안 때문에 시도 때도 없이 헛헛증이 일어났다. 나는 가방에서 초콜릿 바를 꺼내 입에 넣었다. 사탕을 하나, 또 하나 깨물어 먹었다. 돈이 문제라면 내가 아르바이트라도 하면 어떨까, 나는 단순하게 생각했다. 몸을 움직여 일을 하고 땀을 흘리면 괜찮다는 생각이 들 줄 알았다. 그런데 가는 곳마다 문은 굳게 닫혀 있었다.

꼭 한군데, 고등학교 졸업 예정자를 받아준다는 단기 아르바이트 자리가 있었다. 전화로 제품 선호도를 설문 조사하는 간단한 일이라고 했다. 광고를 보고 찾아간 그곳은 은행과 병원들이 들어선 큰 건물에 있는 사무실이었다. 스무 명쯤 되는 아이들이 긴장한 표정으로 소파에 촘촘히 붙어 앉아 차례를 기다리고 있었다.

면접은 세 명씩 묶어 치러졌다. 간단한 자기소개를 해보라는 말에 첫 번째 아이가 입을 열었다. 단발머리에 핀을 꽂은 가녀린 체구의 아이였는데 목소리는 외모와는 달리 당차고 단단했다. 중학생 때부터 부모님 가게 일을 도우며 서빙이든 배달이든 카운터든 안 해 본 일이 거의 없고, 뭐든 즐겁게 할 준비가 되어 있다고 했다. 좌우명은 '사랑은 살게 하는 것', 앞으로 하고 싶은 일은 우선 취업해서 열심히 돈을 벌고, 등록금이 모이면 대학에 가서 언젠가는 라디오의 아침 방송 DJ가 되는 것, 바쁘게 일하는 사람들의 출근길 피곤이 사라지도록 활기찬 멘트를 들려주는 것이라고 했다.

두 번째 아이는 긴 생머리를 단정하게 하나로 묶었는데 곁에 서 있던 내가 깜짝 놀랄 만큼 어른스럽고 달콤한 목소리를 지니고 있었다. 그 아이는 건축가가 되는 게 꿈이었다. 대학 건축학과에 응시했는데 얼마 전 합격했고, 대학 생활이 시작되기 전까지 사회 경험을 해 보고 싶어 아르바이트를 하려고 한댔다. 미리 전공 예습을 해두고 싶어 요즘 도서관에 다니며 논문들을 조금씩 읽고 있다고 했다. 그 아이는 몇몇 건축

학자들의 이름을 말하며 그들의 이론을 요약 비교하기까지 했는데 당연하지만 나로서는 모두 처음 들어보는 이름들이었다. 나는 꿈꾸듯 그 아이의 목소리에 취해 있었다. 첫 번째 아이가 감탄스러울 만큼 긍정적인 태도로 똘똘 뭉쳐 있었다면, 두 번째 아이에게서는 범접하기 힘들게 지적이고 똑 부러지는 분위기가 풍겨나왔다. 두 아이 모두 각자의 방식으로 나를 주눅 들게 했다. 나는 불평하지 않고 어른들이 하는 일을 해서 생계에 도움이 돼 본 경험도 없었고, 내 미래에 대해 생각해본 적도 없었다. 아르바이트를 하겠다고 마음먹기는 했지만 낯선 사람들에게 주문을 받거나 전화를 거는 일조차 아직 조금은 두려웠다. 그냥 전화로 설문 조사만 하면 되는 거 아니었어? 왜들 이렇게 많은 것들을 갖고 있고 그걸 담담하게 증명하고 있는 거지? 나는 알 수가 없었다. 공정하지 않다는 생각이 들었다. 하지만 그 아이들과 나란히 서 있다 보니 잘못된 것은 그 장소가 아니라 나라는 생각을 지우기가 어려웠다.

면접관이 부르는 이름을 나는 두 번째에 겨우 알아차렸다.

"왜 그렇게 도망치고 싶은 얼굴을 하고 있어요? 도망치고 싶나?"

"……네?"

"자신의 장점과 단점을 말해 보세요."

간단한 주문이었다. 면접관으로서는 충분히 할 수 있는, 이상한 데라고는 없는 질문. 나는 짐짓 여유로운 웃음을 지어 보이며 대답의 첫 문장을 생각하기 시작했다. 하지만 십 초가 지나고 삼십 초가 지나고, 몇 분이 지나도록 그 문장은 떠오르지 않았다.

거대한 빨강과 녹색 이파리 위에 알전구를 주렁주렁 걸친 플라스틱 포인세티아, 크리스마스트리 앞에 선 채 투명하게 반짝이는 유리 루돌프와 사슴들. 불황은 딴 세상 이야기 같았다. 토요일 한낮의 강남 거리는 쇼윈도 같았고, 막 오븐에서 나온 진저브레드 쿠키 같은 사람들이 그 안을 통 통 통 튀듯 걸어 다니고 있었다. 모두 아이싱으로 그려 넣은 것처럼 유쾌한 표정이었다. 누군가와 통화를 하는 남자들, 또각거리는 발소리를 내며 바쁘게 걸어가는 말끔한 옷차림의 여자들 사이로 나는 낡은 크로스백을 메고 천천히 걸었다.

솔직히, 지역 신문 한구석에 몇 줄짜리 광고로 실린 그런 일 정도는 아무것도 아니라고 생각했다. 비록 알바지만 '나는 좀 더 나은 일을 해야 하는 사람 아냐?' 하는 마음도 있었다. 그런데 보기 좋게 떨어졌다. 연락을 기다리고 말 것도 없었다. 면접에서 아무 말도 하지 못하고 어버버거리는 지원자를 나라면 붙여 줄까? 미친 게 아니라면 그럴 리가.

후줄근해진 마음에 허기가 몰려왔다. 나는 앞에 보이는 포장마차로 들어갔다. 허름한 천막 아래 서서 불어터지기 시작한 떡볶이와 튀김을 먹었다. 물을 마시고 있는데 옆에서 익숙한 목소리가 들려왔다.

얼핏, 희나인 줄 알았다. 작은 체구도, 허스키한 목소리도, 광대뼈가 조금 튀어나온 옆얼굴도 너무 비슷했다. 여자는 앞에 아기를 안고 있었다. 사내앤지 여자앤지 알 수 없는, 머리카락이 별로 없고 눈동자가 새까맣고 얼굴이 하얀 아이였다. 여자가 눈을 깜빡였다. 닮긴 했지만 아니었다. 얼굴이 더 길었고 코가 달랐다.

나와 비슷한 또래로 보이는 여자는 아기 띠 속의 아기를 달래 가며 빠르게 김밥을 입에 집어넣었다. 포장마차에 늘어서 수다를 떨던 여자들이 경이로움과 선망이 뒤섞인 말들을 토해냈다. 몇 개월이에요? 이제 돌 지났어요. 아아. 직장인으로 보이는 젊은 남자들은 아주 먼 이국의 풍경, 사진으로 보기에는 좋으나 들어가 살고 싶지는 않은 풍경을 보는 듯한 표정을 지었다. 저, 인증샷 좀 찍어도 돼요? 여자들이 동그란 눈을 빛내며 폰 카메라를 들이댔으나 여자는 냅킨으로 입을 닦으며 공손하게 거절했다. 잘 먹었다는 인사와 함께 돈을 건넨 여자가 포장마차를 빠져나갔다.

따라갈 생각 같은 건 없었다. 그저 지하철역이 그쪽에 있어서 방향이 같았을 뿐이었다. 여자는 급한 일이 있는 듯했지만 아이 때문에 빨리 걷지는 못했다. 몇 걸음쯤 앞서 걸어가던 여자의 옆구리께에서 무언가가 툭, 떨어졌다. 여자는 알아차리지 못하고 계속 걸음을 재촉했다. 나는 걸어가 그것을 집어 들었다. 조그만 줄무늬 양말이 꿰어진 아기 부츠였다. 고개를 들어 보니, 여자의 허리춤에 삐죽 튀어나온 아이의 한쪽 발이 맨발이었다.

저기요! 소리쳤지만 여자는 듣지 못했다. 지하철역으로 들어가는 사람이 너무 많아서 계단을 다 내려간 뒤에야 그녀를 따라잡을 수 있었다. 부츠와 양말을 내밀자 여자는 깜짝 놀란 얼굴을 하더니 고개를 숙여 인사했다. 고맙습니다. 그녀가 아이의 발에 부츠를 신기려고 허리를 틀었다. 하지만 두터운 패딩 점퍼를 입고, 앞에는 아기 띠를 하고, 등에는 백팩을 메고, 커다란 쇼핑백까지 들고 있어서 쉽지 않은 것 같았다. 내가 아이 부츠에 달린 버클을 채워 주자 그녀는 고개를 깊이 숙였다.

나는 돌아서 몇 발짝 걷다가 그녀를 돌아보았다. 여자는 개찰구로 들어가지 않았다. 대신 사람들의 물결에서 일 미터쯤 떨어진 기둥 앞에 서더니 쇼핑백에서 주섬주섬 무언가를 꺼냈다. 둘둘 말린 종이 뭉치였다. 그녀는 차분한 몸놀림으로 그걸 펴서 두꺼운 종이에 스카치테이프로 붙였다. 아이를 안은 채 그걸 두 손으로 들고 섰다. 지나가던 사람들이 이상하다는 듯 여자를 쳐다보았다.

거기에는 이렇게 씌어 있었다.

국민 미래 재건 위원회의 임신·출산 정책에 반대합니다

특별히 훈련을 하거나 가르침을 받지는 않았지만 자신을 드러내는 일에 관해서라면 나도 본능적으로 알고 있었다. 고등학교 때까지는 남의 눈에 띄지 않도록 최선을 다해야 한다. 다른 아이들에게 이상한 아이로 보이지 않도록, 튀지 않고 관심을 받지 않도록 자신을 꼭꼭 누르고 다져야 한다. 선생님의 눈에 드는건 얼핏 유리한 것 같지만 장기적으로는 불리하다. 무언가를 뛰어나게 해내서 선생님의 칭찬과 주목을 받을 수는 있지만 같이 밥을 먹고 앞뒤로 책상에 엎드려 잠을 자고 이야기를 나누고 하루의 대부분을 같이 보내야 하는 건 선생님이 아니라 같은 반 아이들이니까. 그 아이들의 시선을 견뎌낼 힘이 내게는 없었다.

고등학교에 들어온 뒤로 몇 번인가 수업 시간에 질문하고 싶었다.

"이 구절을 왜 그렇게 해석해야 하는 거죠? 글쓴이의 의도가 그게 아니었을 수도 있지 않나요? 이 사건이 정말 그렇게 해결되었어요? 뉴스에는 다르게 씌어 있던데요? 왜 교과서가 아니라 수학의 정석으로 수업을 하나요? 저는 반도 못 알아듣겠는데요."

내용이 무엇이든, 그 질문으로 예상되는 결과가 이

미지 상승이든 하락이든 상관없었다. 의문은 갖지 않는 게 좋았고 솔직함은 눌러 두는 게 이로웠다. 나는 한 번도 질문을 하지 않았다. 대신 땅콩 껍데기처럼 알맹이 없는 농담들과 누가 누구에게 해도 크게 달라지지 않는 모호한 말들만 입에 담았다. 조금이라도 특별해 보이는 것은 그것이 펜이나 노트 같은 물건이든 나 자신의 생각이든 본능적으로 피했다. 다른 아이들이 하지 않는 말과 행동을 해서 무리에서 벗어나고 싶지 않았고, 표적이 되고 싶지 않았다. 나는 조심했다. 그 결과 어찌어찌 안전한 영토에 머무를 수 있었다. 대신 친구라는 존재를 가질 수가 없었다.

아니, 나를 친구라고 생각해 준 아이가 한 명 있긴 했다. 하지만 나는 그 아이에게조차 진짜 나를 보여준 시간이 얼마 되지 않았다. 희나는 자신을 잘 드러내는 일에 실패했다. 그래서 그런 식으로 학교에서 사라져야 했다. 밀은 그 일에 능숙했다. 어쩌면 나는 밀을 좋아한 게 아니라 단지 그 아이의 그런 능력을 부러워한 것이었는지도 모른다.

졸업 뒤에는 모든 것이 손바닥 뒤집듯 뒤집힌다는
걸 알고 있었다. 대학에 가면 최선을 다해 자신을 꾸
며야 하고, 남다른 리포트를 써서 교수의 눈에 띄어야
하고, 학점 외에도 학내 활동과 사회 경험을 쌓아서
자신을 홍보해야 한다. 진학 대신 취업의 길을 선택하
면 상황은 더 일찍부터 살벌해진다. 자격증도 따야 하
지만 여자애들은 살도 빼야 하고 여력이 있다면 성형
도 받아야 한다. 보여줄 게 없다면 지어내기라도 해야
한다. 무난한 것은 곧바로 평범 이하의 것으로 변하고
과묵함은 자신감 없음으로, 신중함은 아둔함으로 간
단히 바뀌어버린다. 초중고 12년 내내 자신을 꾹꾹 누
르며 공벌레처럼 몸을 웅크렸다가 졸업과 함께 웅변
대회에 나간 것처럼 "이게 나예요!" 하고 사자후를 토
해 내야 하는 일이 우스꽝스럽다고 생각해도 달라지
는 건 없었다. 그 일을 잘하지 못해서 나는 아르바이
트 면접에서조차 떨어지지 않았는가.

북적이는 지하철 역내에 서서 1인 시위를 하고 있는 그녀를 보며 내가 처음으로 느낀 건 위화감이었다. 그녀가 자신을 드러내는 방식은 정말 이상했다. 잠든 아이를 품에 안은 채 그 아이의 존재에 정면으로 위배되는 내용의 글을 들고 있다니. 빨갛고 노란 원색의 옷을 입고 있지도, 괴성을 질러대며 퍼포먼스를 하지도 않았지만 여자는 광대처럼 보였다. 머리끝에서 발끝까지, 그녀의 존재 자체가 충격적인 비주얼로 어떻게든 눈길을 끌어 보려는 한 페이지의 광고처럼 느껴졌다.

피켓에 씌어 있는 내용은 간단했다.

'국가의 뜻에 따라 검사를 받았습니다. 법이니까요. 합격 통보를 받았습니다. 행운이라고 생각했습니다. 고민할 틈도 없이 엄마가 되었습니다. 혜택도 받았습니다. 그러나 나는 행복하지 않습니다. 행복해야 하는 엄마지만 그 모든 과정에서 내 자유가 빠져 있었으니까요. 아이를 사랑합니다. 하지만 이 아이를 자유 없

는 세상에서 키우고 싶지는 않습니다.'

사람들은 별다른 반응 없이 지나쳐갔다. 그녀를 본 행인들 대부분은 실소를 머금었고, 몇몇은 자기들끼리 낮은 목소리로 이야기를 주고받았다.

행복하지 않다고? 배가 불렀다 진짜. 있는 사람들이 더하네. 애 아빠랑 잘 안 됐겠지. 안 그러면 저러겠어?

베레모를 쓰고 뒷짐을 진 어느 할아버지가 도저히 그냥은 못 지나가겠다는 표정으로 그녀에게 다가가 혀를 차며 호통을 쳤다.

"이봐, 아기 엄마. 젊은 사람이 정신이 나갔어? 댁이 그러고도 엄마야? 이 추운 데 애 젖은 먹이고 이러고서 있는 거야? 행복하지 않으면, 그러면, 댁이 안고 선 애는 뭐 어쩌라는 거야? 안 키우겠다는 거야? 도로 뱃속으로 들어가라는 거야? 죽으라는 거야?"

그녀는 놀란 표정을 짓지 않았다. 노인이 경찰을 부르겠다고 눈을 부라리는데도 언성을 높이지 않고 차분한 목소리로 또박또박 대답했다.

"어르신, 그게 아니고요. 저는 자유와 인권이 무시당했다는 말을 하고 싶은 거예요. 제가 마땅히 누려야 했던 자유와 인권이요."

"자유? 인권? 이봐, 정신 차려. 정신 차리라고! 그쪽 엄마가 댁을 키우면서 자유와 인권 생각했는 줄 알아? 그래서 한목숨 이렇게 키워 냈는 줄 알아? 낳기 전에 충분히 생각했어야지! 자유가 없다니? 이 아이, 댁이 선택한 거 아니야? 누가 낳으라고 강요했어? 아니잖아. 선택해서 낳은 거 아니냐고!"

노인의 손이 확 올라갔다. 여자가 순간적으로 눈을 감으며 몸을 움츠렸다.

다음 순간 나는 내 몸이 어디 있는지, 무엇을 하고 있는지 알아차리고 깜짝 놀랐다. 나는 노인의 팔을 붙잡아 그녀에게서 떼어내고 있었다. 소동을 보고 달려온 역무원이 여자를 아래위로 훑어보더니 말했다.

"여기서 이러시면 안 되는데요. 이거 허가받고 하시는 건가요?"

잠들었던 아이가 깨어 큰 소리로 울어 젖히기 시작했다. 아이를 토닥이느라 그녀는 미처 대답하지 못했다. 사람들이 둥그렇게 몰려들었다. 여자에게서 떨어진 노인이 분을 참지 못하고 계속 욕설을 뱉어냈다. 허가, 받으셨느냐고요? 역무원이 지친 목소리로 다시 물었다.

"일 인 시위는 허가를 받지 않아도 할 수 있는 걸로 알고 있는데요."

누군가가 말했다. 나는 다시 한 번 놀랐다. 그게 내 입에서 나온 말이었으니까.

수유실 문은 잠겨 있었다. 없어지지는 않았으나 젖먹이가 드문 존재가 된 뒤로는 이용하는 사람들이 거의 없어서인 듯했다. 여자는 할 수 없이 화장실로 들어갔다. 잠시 주저하다가 고개를 숙이고 문 하나를 열었다. 울음은 그쳤으나 칭얼거리던 아이가 잠긴 문 뒤에서 잠잠해졌다. 나는 여자의 쇼핑백과 백팩을 들고

밖에 서 있었다. 아무리 그래도 지저분한 화장실에서 젖을 먹이다니, 싫다. 아이가 불쌍해. 나는 생각했다. 꼭 저렇게까지 해야 하나. 저 아이는 무슨 잘못인가. 이 차가운 세상에 태어나고 싶어서 태어난 것도 아닌데. 무슨 일이 있더라도 아이는 보호받아야 하는 존재이지 않나. 이해할 수 없다는 생각이 들었다. 그러다 희나가 떠올랐다. 꼭 그때처럼 나는 묘한 감정을 품고 화장실 타일을 밟은 채 엉거주춤 서 있었다. 도와주고 싶다는 마음 반, 빨리 이 비일상적인 상황을 벗어나 익숙한 곳으로 돌아가고 싶다는 마음 반으로.

익숙한 곳으로 돌아간다고 모든 게 괜찮아지는 것도 아닌데.

미안해요. 문을 열고 나온 여자가 말했다. 여자의 품 안에서, 삐죽삐죽 돋아난 머리카락을 한 아이가 잔디 인형처럼 고개를 움직이며 방싯거렸다. 젖을 먹어 기분이 좋아진 듯했다. 고마워요, 도와주셔서. 그녀는 내 눈을 똑바로 쳐다보지 않았다. 자신에 대한 모순적인 감정이 그녀를 불편하게 하고 있는 것 같았다.

저 미친 사람 같죠? 아기 띠 버클을 채우며 그녀가 말했다. 정말 미쳤는지도 몰라요. 아까 그 할아버지 말처럼.

나는 열차를 기다리는 그녀 옆에 앉았다. 아기가 나를 보고 웃었다. 그녀가 자신을 변호하려는 듯 말을 이었다.

"보통 때는 저, 스스로 생각해도 괜찮은 엄마거든요. 엄마라는 직업이 적성에도 맞고요. 기저귀 갈고 아기 이유식 만드는 일이 저는 진짜로 재미있어요. 육아가 힘들다는 생각도 안 해봤고, 베이비시터도 일부러 안 쓰고 혼자서 키웠어요. 그러고 싶어서. 그런데, 정신을 차려 보면 이러고 있어요. 이런 데서, 춥고 더러운 화장실에서 젖을 먹이고 있든지, 행복하지 않다고 쓴 피켓을 들고 애가 울든 말든 서 있어요. 나, 난…… 어떻게 해야 하죠? 이거, 미친 거 맞죠?"

나는 뭐라고 대답해야 할지 알 수 없었다. 얼떨결에

도와주긴 했지만 내 마음속에도 그녀에 대한 모순적인 감정이 이리저리 끓고 있었으니까. 한순간이었지만 안고 있는 아이가 정말로 그녀의 아이일까, 어디서 데려온 아이는 아닐까 의심했었다. 하지만 동시에 그녀에게 털어놓고 싶다는 절박한 마음도 있었다. 나도, 나도 어떻게 해야 할지 모르겠다고.

"남편은 더할 나위 없이 자상한 사람이고, 아이를 보면 사랑스러워서 눈물이 날 때도 있어요. 이렇게 피켓 들고나온 날이면 죄책감이 느껴져서, 집에 돌아가서는 조용히 내가 가진 것에 감사하며 살아야겠다는 생각도 해요. 그런데…… 그런데 말이에요. 정말로 내가 이 모든 걸 선택한 걸까요? 난 왜 자꾸 아닌 것 같죠? 일 인 시위 같은 걸 해서 뭘 어떻게 하겠다는 건 아니에요. 나 따위 여기 서 있다고 뭐가 어떻게 될 거라는 기대 같은 것도 없어요. 그냥, 숨이 막혀서, 내가 지금 이렇다고 누구한테 말이라도 하고 싶었어요. 내가 행복하지 않다는 걸 아무도 모른다는 게 너무 무서워서."

차르르, 지하철이 들어왔다. 그녀가 짐을 들고 일어섰다.

"공부를 하거나 일을 했더라면 더 잘했을까? 아뇨, 그런 생각은 별로 안 들어요. 나는 나를 아니까. 그런데 가끔, 내가 이상한 소설에 나오는 주인공이 된 것 같아요. 내가 나오는 책을 누군가가 읽고 있는데, 그 사람이 또 다른 나인 거예요. 걔는 아무것도 아니고 그냥 고등학생이에요, 아직. 앞으로 뭘 하며 살아야 할지 고민하고 있겠죠. 아무리 생각해도 답이 없다고 자신을 한심해 하면서."

지하철 문이 열렸다. 나는 뭐라고 해야 할지 몰라 저기, 그래도 힘내세요, 하고 말했다. 힘내라니 참 뻔하기 짝이 없는 말이로구나, 생각했는데 여자는 그 말을 듣고 처음으로 웃었다.

"그런데 그 또 다른 내가 가끔 너무 부러워요. 난 질문은 없고 답만 있었거든요. 고민을, 해야 했는데."

문이 열렸다. 아이와 함께 열차에 올라탄 여자가 사람들 속으로 스며들었다. 따라 탔어야 했다는 생각이 들었을 때 이미 열차는 출발한 뒤였다.

의학적인 만남

문득 웃음이 나올 것 같았다. 비웃음이나 나쁜 웃음은 아니었다.

그저, 숨길 게 뭐 있나 하는 생각이 들었다.

서로를 그런 눈으로 보고 있다는 걸 애써 감출 필요가 있을까?

우리는 서로의 난자와 정자 등급을 알고 있었다.

"결정, 아직 안 했죠? 학생을 만나 보고 싶다는 지원자한테서 연락이 왔어요."

상담 선생님이 전화를 걸어온 건 크리스마스가 일주일 앞으로 다가온 어느 날이었다. 나는 그때까지 데이터베이스를 자세히 훑어볼 생각을 하지 못하고 있었다.

중학교 때 미팅이라는 걸 해본 적이 딱 한 번 있었다. 우리 반에 '좀 노는' 아이들 몇 명이 있었는데, 나는 키가 커서 뒷자리에 앉았다가 그 아이들과 잠시 어울리게 됐다. 정확히 말하면 자기들끼리의 지루함을 못 이긴 그 애들이 멀거니 학교와 집을 오가는 나를 끼워 주었다고 해야 할 것이다. 어떤 자리든 결원은 생기기 마련이었는데 그날 그 미팅도 한 자리가 갑자기 비어 내가 끼어들게 된 거였다. 아이들을 따라 분식집에 가서 라볶이와 김밥을 먹었다. 옆 학교 남자애들은 다섯 명이었다. 나는 폭탄이라는 말을 듣기 싫어 미팅을 주선한 아이에게서 티셔츠를 빌려 입었는데, 목선이 파이고 가슴께가 스팽글로 장식된, 내가 입기에는 상당히 어색한 티셔츠였다. 그날 미팅 내내 나는 너무 드러난 내 목과 팔에 신경 쓰느라 아무 생각도 하지 못했다. 음료수를 사서 하나씩 마셨고 중학생 입장이 가능한 멀티방에 갔다. 아이들이 방방 뛰고 노래하며 춤추는 동안 나는 노래책을 뒤졌고, 시간이 끝나자 밖으로 나와 시장을 지나 걸었다. 더웠다. 땀이 흘러 겨드랑이께가 젖으려고 해서 도중에 두 번쯤 공중 화장실에 들어가 옷매무새를 고쳤다. 그리고 그것으로

끝이었다. 연락 같은 건 누구에게서도 오지 않았다.

고등학교를 졸업하면 소개팅이라는 걸 여름날 아이스바 사 먹듯 빈번하게 할 수도 있다는 사실을 알고 있었다. 물론 안 그럴 수도 있지만. 인터넷 게시판 같은 데 떠도는 소개팅 경험담들은 보통 웃기고 실없는 내용으로 되어 있었다. 자신과 비교하면 상대방이 얼마나 예의 없고 개념 없었는지 하는 성토. 얼마나 하품 나오는 옷차림과 해괴한 머리 모양을 하고 있었는가 하는 허무한 탄식. 자신이 낭비한 시간과 음식값에 대한 분노. 상대방 성별 전체에 대한 한탄.

그런 경험담을 읽으면 나는 반쯤은 호기심이 생겼고, 반쯤은 글을 쓴 사람들이 부러웠다. 분식집도 아니고 고급 레스토랑에서 천천히 음식을 먹으며 앞에 앉은 이성의 외모가 마음에 들지 않는다고 생각할 수 있다니, 얼마나 여유로운 일인가. 글쓴이의 얼굴은 보이지 않았지만, 그런 글들을 읽으면 어째선지 갓 태어난 병아리, 노랗고 보송보송한 털을 지닌 병아리가 연

상됐다. 철이 없어 보였다는 뜻이다. 그러나 나는 그런 병아리조차 되지 못한, 알에서 깨어나지도 못한 처지였다. 분명 그들에게도 숨통을 조이는 입시와 자신이 사람인지 아닌지 지속적으로 의심하게 하는 보건소의 나날이 있었을 것이다. 생물학적 등급과 그에 따라 달라지는 미래라는 현실 앞에서, 좋아하던 사람과 헤어져야 하는 경우가 그렇지 않은 경우보다 많았을 것이다. 그런데도 그들은 그런 상처나 흉터 따위는 다 잊어버린 것처럼 거침없고 자유분방해 보였다. 그건 그들의 본래 성격일까, 아니면 그들이 누군가의 엄마나 아빠가 되지 않아도 되었기 때문일까? 이 끔찍한 알을 깨고 나가면, 나도 그런 병아리가 될 수 있을까? 믿어지지 않는 얘기였다. 병아리를 거치지 않고 닭이 되는 알들도 있을까?

그 아이와의 만남은 중학교 때의 미팅과도, 들어서만 알던 소개팅과도 달랐다. 나는 센터 상담실에 앉아 있다가 담당 선생님과 함께 1층의 작은 카페로 내려갔다. 잠시 기다리자 그 아이가 왔다. 그럼 즐겁게 대화 나누세요, 선생님은 그렇게 말하고 웃으며 일어서 사라졌다.

나와 동갑이라는 그 아이는 그리 키가 큰 편은 아니었다. 얼굴은 하얗고, 떡볶이 모양의 단추가 달린 감색 더플코트 밑으로 청바지를 입고 운동화를 신고 있었다. 눈이 컸고, 쓰고 있는 각진 안경은 너무 짙은 쌍꺼풀이 주는 센 인상을 감추기 위한 것인 듯싶었다. 내가 여기까지 보는 동안, 그 아이도 보지 않는 척하면서 나를 아래위로 훑어보았다. 문득 웃음이 나올 것 같았다. 비웃음이나 나쁜 웃음은 아니었다. 그저, 숨길 게 뭐 있나 하는 생각이 들었다. 서로를 그런 눈으로 보고 있다는 걸 애써 감출 필요가 있을까? 우리는 서로의 난자와 정자 등급을 알고 있었다. 옷을 입고 있었지만 속옷만 입고 서로를 마주 보며 신체검사를 하는 것과 마찬가지였고, 그렇다고 해서 창피하다는 생각도 들지 않았다. 설렘이나 들뜸 따위가 들어설

틈 없는, 철저히 의학적인 만남이었다. 그 사실이 이상하게 마음을 편하게 했다.

무슨 대화를 나눌까. 잘은 모르겠지만 저 아이도 약간의 고민 끝에 이 자리에 나왔을 것이다. 이런 자리가 우습다는 건 알지만 다른 대안이 자신에게 없다는 것도 알고 있어서 여기까지 온 것이다. 그리고 내 사진을 봤겠지. 사진? 결국 그 무표정한 사진을 보고 저 아이는 나를 골랐을 테니 취향이 독특하다는 건 인정해야 할 것 같았다.

"너,"

그 아이가 말했다.

"자기소개가 인상적이더라."

나는 되물었다. 자기소개?

그래, 그런 칸이 있긴 했다. 이미지든 텍스트든 음악이든 상관없으니 뭐든 자유롭게 채워 넣으라고 되어 있던 그곳은 무엇을 채워도 우스꽝스러워 보이게 만들어져 있던 공간이었다.

"이상하게 듣진 마. 그 자기소개 보고, 한번 만나 보고 싶다는 생각이 들었어."

"내가 뭐라고 썼는데?"

기억이 안 나는 걸 보니 중요한 말은 아니었던 모양이었다. 그 아이는 잠시 기다리다가 다시 말했다.

"일단 여기서 좀 나가지 않을래?"

초밥의 맛

그날 저녁, 내가 보낸 하루에 대해 곰곰이 생각해 보았다.

데이트, 라는 단어가 떠올랐다.

이상하긴 했으나 그건 일종의 데이트라는 생각이 들었고,

그러자 한 번도 먹어 보지 못한 생선 초밥이 떠올랐다.

그 아이의 이름은 경호였다. 특이하게도 경호원, 이라고 할 때와 같은 한자를 쓰는 이름이었다. 아버지가 지어주셨다고 했다. 우리 아버지는 내가 무언가를 안전하게 지키는 사람이 되기를 바라셨던 것 같아. 경호는 심드렁하게 웃으며 말했다.

경호는 밀과는 달랐다. 차분하고 굵은 저음이나 말 한마디를 할 때마다 천천히 단어를 고르는 표정 같은 건 경호에게 없었다. 그 아이의 목소리는 높고 얇으며 날카로웠고, 최초의 다소 어색하고 조심스러운 침묵이

깨지자 입에서는 거친 육두문자가 빠르고 자연스럽게 튀어나왔다. 나는 새삼스럽게, 내가 남자애들과 아니 같은 또래 사람과 대화라는 걸 나눠본 지가 얼마나 오래되었는지 실감했다. 졸업이 코앞으로 다가왔는데도 나는 누구와도 한 마디 나누지 않은 채 교실에 앉아 있다가 집으로 돌아오는 일을 매일 반복하고 있었던 것이다.

센터를 나온 우리는 일본 우동을 파는 음식점에 들어갔다. 나는 우동을, 경호는 메밀국수를 시켰다. 어두운 회색 면발을 젓가락으로 후루룩 들이켜며 그 아이는 말했다.

"이 집, 꽤 오래된 집이다. 옛날에는 생선 초밥 같은 것도 팔고 그랬었대."

생선 얘기가 이어졌다. 등푸른 생선, 흰살 생선, 붉은 살과 기름기가 많은 생선. 경호는 아주 어렸을 때 엄마가 고등어를 식탁에 올리는 걸 본 적이 있다고 했다. 딱 한 번, 나도 구운 생선을 먹는 엄마를 본 적이 있었다. 초등학교 때였다. 그 생선의 이름은 알 수 없었다. 엄마는 그걸 내게는 주지 않았다. 위험해, 하고 말하면서.

경호는 담당 선생님이 생기 넘치고 매력적인 사람이라는 건 인정하지만 그녀를 좋아할 수는 없다고 했다.

"그 선생님은 사람이 물고기랑 버섯이랑 돼지랑 닭을 먹을 수 있는 세상을 살았잖아. 글쎄, 이렇게 말하면 좀 웃기지만, 그것만으로도 대단한 혜택 아닐까?"

태어나서 한 번도 물고기라는 걸 먹어 보지 못한 사람과 먹어 본 사람의 사고 체계가 같을 수는 없다는 게 경호의 생각이었다. 신이 인간에게 준 그런 혜택을 누릴 만큼 누렸으면서 그다음에 태어날 사람들을 위해 한 일은 아무것도 없는 사람들. 이런 바보 같은 제도가 생기는 걸 막지 못한 사람들. 그게 경호가 담당 선생님 나잇대의 어른들을 싫어하는 이유였다. 선생님이 들려준 이야기가 떠올랐다. 그녀가 경찰에게 끌려간 적이 있다고 내가 말하자 경호는 거침없이 되쏘았다.

"그래서? 얻어맞고 끌려간 적 있으면, 그게 다야? 그때 뭘 했든 결국 지금은 위원회 같은 데 들어가서 꽤 높은 월급 받으면서 편하게 살고 있잖아. 까놓고 말해서 그 선생님은 난자 검사 같은 거 받아본 적도 없고 받을 필요도 없었잖아. 인류의 미래를 생각한다 는 아름다운 말로 치장하면서 우리 같은 애들을 짝짓 기시키고, 그렇게 태어난 애들에 대해서는 나 몰라라 하고. 솔직히 겁나 편리한 사고방식 아니냐? 출산율만 높이면 되니까."

무언가를 세차게 두드리는 듯한 그 말들을 들으며 나는 궁금해졌다. 내게는 없는 이 아이의 당당함은 어 디서 나오는 걸까. 그렇게 무언가를 확신하고 분노하 면서, 이 아이는 왜 이 자리에 있는 거지? 우동과 메 밀 그릇이 다 비도록 경호는 거기에 대해서는 아무 말 도 하지 않았고, 나는 좀 얼떨떨한 기분으로 자리에서 일어섰다.

그리고 카운터로 가서 계산하는 경호를 보았을 때, 나는 무언가를 깨달았다. 그 아이의 낡은 백팩에서 나온 할인 쿠폰북과, 거의 남은 쿠폰이 없이 오려내고 발라내져 동물의 뼈처럼 너울거리는 페이지들을 보는 순간, 아무런 설명 없이도 그 아이를 조금은 이해할 수 있을 것 같았다. 경호가 카운터에 잘라 내민 쿠폰에는 음식점 이름과, 오픈 20주년 기념 50% 할인이라는 문구가 적혀 있었다. 사용하는 지역만 달랐을 뿐 내 가방 속에도 똑같이 뼈 무더기처럼 생긴 쿠폰북이 들어 있었다. 할인 쿠폰을 먼저 확인하지 않고 갈 곳과 먹을 음식을 결정하는 건 내게는 드문 일이었다.

경호의 낡은 운동화 뒤축을 바라보다가 나는 눈을 돌렸다. 가난이 부끄러워할 일이 아니라는 건 나도 안다. 사람이 부끄러워해야 하는 건 살아가면서 조금씩 몸에 붙어 살집을 늘려가는 비열함이나 돼먹지 못한 인격 같은 것들이다. 그걸 알면서도 그 순간 나는 통증을 느꼈다. 가느다란 송곳 같은 것이 경호와 나를 한데 꿰뚫고 있는 것 같았다. 이 아이도 나처럼 집에 방이 없을까. 부모님과 방을 나눠 쓰고 있을까. 나처럼 이 아이도, 무언가를 갖고 싶다거나 하고 싶다고 생각하는 일이 거의 없는 자신을 종종 이상하게 느끼고, 뭔가 억울하다고 생각했다가 본능적으로 그 생각을 지워버리는 아이일까. 그래서 하기 싫은데도 센터에 등록을 한 걸까. 나는 궁금했다.

내 생각을 읽기라도 한 것처럼 경호는 음식점을 나와서는 쿠폰 같은 건 적용되지 않는 오락실에 들어갔다. 지폐 몇 장을 동전으로 교환하더니 아무 말 없이 반을 내게 주었다. 디제잉 게임기에 붙어 서서 신들린 듯 턴테이블을 돌려가며 버튼을 두드려 비트를 맞추는 그 아이를 보다가 나도 동전을 집어넣었다. 하지만 나는 곧 후회했다. '머뭇거리기'가 삶의 기본자세인 나 같은 인간에게 그런 게임은 모르는 언어로 쓰인 책을 낭독하는 것과 비슷했다.

우리는 밀크티를 마시고 분식집에 들어가 저녁을 먹었다. 경호는 앞으로 어떻게 하자는 얘기 같은 건 하지 않았고, 나는 지하철을 타고 집으로 돌아왔다. 그날 저녁, 내가 보낸 하루에 대해 곰곰이 생각해 보았다. 데이트, 라는 단어가 떠올랐다. 이상하긴 했으나 그건 일종의 데이트라는 생각이 들었고, 그러자 한 번도 먹어 보지 못한 생선 초밥이 떠올랐다. 깨끗하고 하얀 쌀밥 위에 올려진 생선의 붉은 살. 나는 상상 속에서 고추냉이가 풀린 간장에 찍어 처음으로 그것을 먹어 보았다. 그건 조금 비릿하고, 조금 맵고, 낯설게 물컹거리는 맛이었다.

성탄 전야

말이라는 건 기묘했다.

아무것도 아니라고 생각해서 나 자신도 무시한 채

마음속에 내버려두었던 많은 것들이 말로 변하는 순간,

나는 알게 되었다.

아무것도 아닐지도 모른다.

하지만 내게도 이야기라는 게 있었다.

며칠이 지나 경호에게서 연락이 왔다. 우리는 늑대처럼 생긴 개들이 여럿 나오는, 눈 덮인 평원을 배경으로 한 영화를 보고 저녁을 먹고 헤어졌다.

그 며칠 뒤에 마지막 수업이 있었고, 크리스마스 전전날이었던 그날 나는 다시 경호를 만났다. 우리는 크리스마스트리를 배경으로 셀카를 찍는 연인들을 구경하면서 아이스크림을 먹고 거리를 걸어 다녔다.

그날 내 마음속은 새로 산 여러 가지 물건들을 풀어 볼 여유도 없이 아무렇게나 밀어 넣어둔 쇼핑백 같아서, 나는 차가운 바람을 맞으며 쏘다니는 내내 그것들을 의식하지 않을 수 없었다. 그 쇼핑백 속에는 마침내 학교에서의 날들이 끝났다는 해방감과 기묘한 허탈함, 결국 더는 대화 없이, 밀과의 시간이 끊겨 나가듯 닫혀버렸다는 무거운 마음과 그래서 다행이라는 생각이 들어 있었다. 그리고 그런 생각을 하면서 경호와 걷고 있다는 데에서 오는, 막 생겨났지만 엄연한 죄책감, 그리고 이제 나는 아무도 모를 아주 먼 어딘가로 떠밀려 가기 시작했다는 두려움과, 그럼에도 이상하지만 그것이 싫지 않다는 감정들이 이리저리 부딪치며 부스럭거렸다.

겨우 세 번째 만나는 것이긴 했지만 이제 그것은 데이트가 되어 있었다. 나는 옷차림에 신경 쓰거나 머리를 매만지는 짓 따위는 하고 싶지 않았지만, 이미 화장실에 들어갈 때마다 그러고 있었고, 그러고 있는 내가 참으로 엉망진창이고 한심하다는 생각을 하면서도, 사실을 말하자면 내일은 무얼 하게 될까 하고 궁금해하고 있었던 것이다. 크리스마스이브에는 무슨 일이 일어나는 것일까. 이 아이는 내일 나를 만나자고 할까. 뭘 입어야 하지? 선물 같은 걸 준비해야 하나?

"근데, 넌 대학에 갈 거야?"

핫초코를 스틱으로 저으며 경호가 물었다.

"응. 아마도, 그렇겠지."

나는 대답했다. 딴생각에 잠겨 있다가 그런 질문을 들으니 잠에서 깬 얼굴을 들킨 것처럼 부끄러웠다.

"대학에 가면 뭘 하게 되는데?"

글쎄, 나는 대답했다. 수업을 듣고, 시험을 보고, 학점을 따고, 짧은 스커트를 입고, 취업 준비를 하게 되지 않을까? 그 정도가 내가 생각해낼 수 있는 답변이었다. 내가 가게 될 대학과 학과는 내가 정한 게 아니었다. 수능과 내신 점수가 대략적인 윤곽을 잡았고 엄마의 기대와 담임 선생님의 판단이 세부를 결정했다. C대학 미디어통섭학과라는 답변이 나왔고 그 답변은 대체로 모두를 만족시켰다. 하지만 거기서 뭘 하게 될까? 최근 몇 년간 취업이 잘 되는 과라고 들었을 뿐, 나는 그 과가 뭘 하는 과인지 알지 못했다.

"난 대학에 가면 하고 싶은 일이 있었어. 그런데 떨어졌다."

그렇구나. 나는 핫초코를 마셨다. 그게 뭔지는 모르겠지만 하고 싶은 일이 있다는 그 아이가 왠지 부러웠다.

"이런 얘기, 어떨지 모르겠는데."

약간의 침묵이 흐른 뒤 경호가 입을 열었다.

"나는 아이를 갖고, 아빠가 되려고 등록을 한 게 아니야. 아니, 꼭 아니라고는 할 수 없지만. 난…… 모르겠어."

혼란스러운 표정이 경호의 얼굴에 스쳤다. 그럼? 내가 묻자, 경호는 결심한 듯 말했다.

"길어. 재미도 없어. 어쩌면 좀 짜증날지도. 그래도 좀, 들어줄 수 있겠어?"

우리 부모님은 이혼하셨어. 내가 1학년 때. 응, 아니, 아버지랑 같이 살아. 아버지가 한동안 많이 힘들어하셨지. 처음엔 엄마랑 아버지가 왜 헤어지게 된 건지 몰랐어. 그저 다른 집 부모님들처럼, 성격 차이? 아니, 살다 보니 서로가 지겨워져서 헤어지는 그런 거라고 알고 있었어. 내가 알기로는 누가 바람을 피웠다거나, 그런 사건도 없었고, 둘 중 한쪽이 몰래 사채를 끌어다 쓰거나 카드빚을 만들어 놨더라, 그런 것도 아니었거든.

아버지는 내 앞에서 반듯한 모습을 보이려고 노력하셨어. 그러지 않으면 한순간 아주 엉망으로 무너질 거라는 걸 알고 계셨던 것 같아. 수업 끝나고 밤이 돼서 집에 가면 아버지는 퇴근해서 묵묵히 빨래며 집안일을 다 해 놓고, 내가 먹을 간식을 만들어 놓고 기다리셨어. 한동안 좀 숨이 막힐 정도로 그러시다가, 하루는 안 드시던 술을 드시고 나한테 그러시는 거야. 네 엄마 말이다, 여자를 좋아하는 사람이었다, 라고.

무슨 말인지 당연히 몰랐어. 엄마가 여자를 좋아하는 게 그게 뭐? 내가 기억하기로는 우리 엄마는 친한 친구들이 많았고, 그 친구들을 가끔은 아버지나 나보다 좋아하는 것처럼 보이기도 했거든. 그런데 아버지 얘기를 들어 보니, 그게 아니었어. 응, 우리 엄마는 레즈비언이었던 것 같아. 젊었을 때 그 사실을 깨닫긴 했지만, 엄마 자신도 약간 혼란스러워 하고 있었던 것 같아. 엄마는 조그만 미술 서점을 운영하고 있었는데, 어느 날 서점을 취재하러 찾아온 우리 아버지를 만났고, 취재원과 기자로 한동안 친하게 지내다가, 그 일이 일어난 거야.

내가 생긴 거.

응, 아니, 모르겠어. 어쩌다 내가 생긴 건지, 엄마가 그때 어떤 심정이었을지, 난 상상할 수가 없거든. 아무리 짐작해 보려고 해도 안 되더라. 엄마가 대체 어떤 마음으로 결혼을 하고 나를 키웠는지 말이야. 답답했을까? 그랬겠지. 내내 하기 싫은 연기를 하고 있는 기분이었겠지. 내 기억 속의 엄마는 한순간도 내게 나쁜 엄마였던 적이 없어. 우리 엄마가 되려고 태어나지 않았으면 뭘 했을까 생각될 정도로, 친구 같고 어떨 때는 누나 같은 엄마였어.

네 엄마는 자기 삶을 찾아간 거다. 뒤늦게, 자기가 원래 살았어야 하는 삶을 말이다. 아버지는 그렇게 말했어. 엄마를 욕하지는 않았어. 난 그냥, 내가 여자가 아닌 게 슬플 때가 많았다. 그날 밤 내 기억으로는 처음으로 내 앞에서 소주를 따서 안주도 없이 마시면서 그렇게만 중얼거리는 거야. 응? 아니, 난 엄마가 밉지 않았어. 미워야 맞는데, 이상하게 밉지가 않았어. 그렇다고 아버지가 미웠느냐면, 그것도 아니야. 그냥, 아무 말도 하지 말지 하는 생각뿐이었어. 엄마도 아버지도 대체 뭘 어쩌자고 이제 와 나한테 이런 말을 하는 건지, 참 대책 없는 사람들이라는 생각이 들 뿐이었어.

그날뿐이더라. 아버지는 그 뒤로는 엄마에 대해선 아무 말도 하지 않았어. 얼마 전에 정년퇴직하실 때까지 하루도 안 빼놓고 열심히 일하셨어.

나? 난 스스로 생각해도 괜찮았어. 얼마 전까지는.

나는 만화를 그려. 응. 작품? 작품이라고 불러도 될
지는 모르겠지만, 어쨌든 여섯 살 때부터 종이에 끼적
거리던 걸 쭉 모으고 있어. 웹사이트? 있었는데 지금
은 문을 닫았어. 그냥 몇몇 친구들 정도만 오는 곳이
었어. 뭐? 싫어. 아니라니까.

장르? 아니, 개그물은 아니고, 시리어스라고 하기엔
좀 웃기지만, 하여튼 순정이야. 응. 누구? 에이, 그 사
람들은 진짜 대단한 작가들이고. 그런 사람들 얘기를
지금 나한테 하면 안 되지. 그게 아니라, 그러다가 2학
년 때, 내가 어떤 만화를 그렸거든. 그래서 친구한테
보여 줬어. 솔직하게 평을 해달라고. 그 친구가 평을
해줬는데, 그다음부터 그림을 그릴 수가 없었어.

응? 걔가 뭐라고 했느냐면, 내 만화가 끔찍하다고
했어.

그때, 성적도 안 나오고 죽겠는데 내 정자 등급이

올라갔다 내려갔다 해서 계속 신경이 쓰였거든. 그게 너무 짜증이 나고 싫어서, 정자 검사를 비판하는 만화를 그리려고 했어. 그런데 다 그려놓고 보니 왜 그런지 모르겠지만 주인공이 게이였어. 검사를 통과한 주인공은 게이인데도 여자랑 결혼해서 아이를 낳기로 해. 좋아하는 사람은 따로 있는데 말이야. 집안이 가난했거든. 그래서 그 사실을 고백하려고 사귀던 남자를 만났는데, 그 남자한테서 먼저 그런 얘기를 들어. 미안한데 어쩔 수 없다고, 현실의 벽을 넘을 자신이 없다고. 헤어지자고.

웅? 모르겠어. 그냥 이렇게만 말하면 아무렇지 않은 얘기 같다고? 나도 그런 줄 알았는데, 그 친구는 그렇게 받아들이지 않더라. 그날 알았어. 그 친구가 그날 나한테 커밍아웃을 했거든.

아니, 그냥 친구였어. 좋은 친구. 내 그림체를 좋아해 준 몇 안 되는 친구 중 하나였는데……. 내 만화에 주연이든 조연이든 계속 그런 사람들이 나온다는 것도 의식 못 하고 있다가, 그 친구가 말해 줘서 알았어. 나는 계속 그런 사람들을 그리고 있었어. 게이이거나 레즈비언인데, 자신에게 솔직하지 못하고 현실 앞에서 이성애라는 가면을 쓰는 사람들 말이야. 그것도 별로 좋지 않은 모습으로 묘사했어. 하나같이 거짓말을 밥 먹듯 하고, 이기적이고, 친절한 척하지만 실은 주위 사람들을 피폐하게 만드는 캐릭터들이었어. 나는 그 사람들이 그럴 수밖에 없는 현실에 대해 얘기를 했다고 생각했는데, 그 친구의 말은 달랐어. 왜 그런 인물들만 계속 등장시키는 거냐고, 겪어 보지 않고 그렇게 함부로 얘기하지 말라고 하더라. 편견을 갖는 건 좋은데, 아름다운 그림체와 화려한 색감으로 그 편견을 포장해서 칭찬을 받을 생각 같은 건 하지 말라고. 성소수자 중에는 당당하게 살아가는 사람이 더 많고, 그들은 내 이야기에 양념을 쳐 주기 위해 존재하는 사람들이 아니라고. 솔직히 말하면 나 같은 애는 만화를 그리지 말았으면 좋겠다고, 너무 화가 난다고 했어.

그 친구는 평소에 남에게 그런 말을 하는 성격이 아니었어. 웬만해선 남에게 화를 내거나 비난하는 말 같은 건 안 했어. 그렇게 조용한 아이가, 오랫동안 참고 참다가, 더는 참을 수 없다는 듯이 차분하게 그렇게 말한 걸 보면, 내 만화가 정말 기분이 나빴던 모양이지.

……응. 그 말을 들은 뒤로는 아무것도 못 그렸어. 생각하고 또 생각해 봤는데, 그 친구의 말이 맞았거든. 나는 성소수자들을 무의식 중에 미워하고 있었던 거야. 아주 드문 어떤 일이 내 삶에 일어났다는 이유로……. 그냥 간단한 스케치조차 할 수가 없더라. 아니, 실기 시험을 봤으니까 뭘 그리고 나오긴 했는데, 그건 만화가 아니었어. 정확히 말하면 내 만화가 아니었지. 떨어지는 것도 당연했어. 제대로 공부를 해서 웹툰 같은 거 그리고 싶었는데. 웹툰은 그냥 만화랑은 또 다르거든. 컷 구성이나 문법이나 그림이나, 공부를 더 해야 하고, 더 하고 싶었는데.

모르겠어. 이런 얘기, 이상하지? 너는 지금 틀림없이 당황스럽겠지. 잘은 모르지만, 너는 아기 엄마가 되려고 등록을 했을 테고, 이런 걸 기대하고 있지는 않았을 테니까. 기분 나쁘니? 그렇다면 여기서 그만둘게. 센터에 연락을 해서, 죄송하지만 잘 안 됐다고 얘기할게. 미안해. 난 그냥……

응? 그래? 정말? 그래…… 알겠어. 내가 지금 뭘 하고 있는지 나도 사실은 잘 모르겠어. 왜 만난 지도 얼마 안 된 너한테 이런 얘기를 하고 있는지. 그래…… 고마워. 일단 시작했으니까 얘기는 끝까지 할게.

솔직히 내가 검사, 통과할 줄 몰랐어. 뜬금없더라. 아버지한테 말을 했더니, 아버지는 나한테 괜찮겠느냐고 물으셨어. 너 괜찮으냐고. 난 괜찮다고 했어. 사실은 아무 생각이 안 났어. 그냥……. 난 이런 게 싫어. 아직 스무 살도 안 됐는데 잘 모르는 사람하고 만나서 대충 살펴보고 섹스를 하고, 아기를 낳고, 돈 받고, 다른 집에 입양 보내고, 그런 게 너무 이상하고 싫어.

검사 때문에 섹스라는 것 자체에 대해서도 자꾸 거부 감이 생길 지경이고 말이야. 내가 왜 그래야 해? 난 섹 스가 너무 근사한 거라고 생각하는데. 너도 그렇지 않 아? 사랑하는 사람하고 하는 아름다운 일을, 왜 등급 이 맞는 사람하고 하라고 시켜서 이상한 일로 만들어 버리냔 말이야. 아, 물론 이렇게 만나서 사랑에 빠질 수도 있겠지. 그렇지만…… 역시 부자연스럽다는 생각 이 들어, 이런 방식은.

그런데 진짜 이상한 건, 그러면서도 나는 가족이라 는 뻔하고 식상한 공동체를 굳이 내 손으로 한번 만들 어 보고 싶다는 생각이 문득문득 든다는 거야. 겁나 이상한 세상이고 겁나 이상한 시스템인데, 그래도 내 가 만약 아빠가 될 수 있다면, 사랑하는 사람 만나서, 아이를 낳고, 그 아이와 아내를 사랑하고, 헤어지지 않 으면서 행복하게 살고 싶기도 해. 보란 듯이 말이야.

문제는 그런 내 마음이 정말 내 마음인지, 아니면 부모님한테 복수하고 싶다는 마음 때문에 생긴 유치

한 생각인지 알 수가 없다는 거야. 내 말은, 내가 그런 걸 어떻게 알 수 있지? 내가 엄마 아빠를 미워하는지 아닌지, 내가 정말로 뭘 하고 싶은 건지. 그리고, 그런 걸 모르는 상태에서 누구를 만나서 아이를 낳아도 되는 거야? 난 아니라고 생각해. 그 아이한텐, 결국 불행한 가정밖에 줄 수 있는 게 없지 않을까?

난…… 아직 내가 누군지 모르겠어. 최종 결과 나오기 전까진 아이라는 존재에 대해 아무 생각도 못 해 봤어. 예전에는, 내가 그린 그림들이 내 자식들이라고 생각했다? 아무리 못생기고 이상하게 생겼어도, 나는 걔들만 있으면 된다고. 그런데 그 친구한테 그런 말을 듣고 난 뒤로는 그렇게 생각할 수가 없었어.

그러니까…… 모르는 사이에 나는 일그러진 생각을 가지고, 어떤 사람들에게 해를 끼치고 있는 거잖아? 나한테 아무 잘못도 안 한 사람들한테 말이야.

나, 미친놈 같지. 응? 아, 그래. 이렇게 말이 많아진 것도, 그림을 못 그린 다음부터 그렇게 된 거다? 정신을 차려 보면 그냥 방 안에 우두커니 앉아서 혼잣말을 중얼중얼하고 있어. 아무한테도 이런 얘기 할 수가 없으니까. 그런데, 입으로는 되는데, 그릴 수는 없어. 웃기지.

네가 자기소개에……. 근데 너 진짜 특이하다. 정말 기억이 안 난다고? 아직도? 너, 이렇게 썼어. '그렇지만, 그래도, 나는 하고 싶은 얘기가 있다.'

응, 별로 희한한 말은 아니었어. 아니, 정말로 부담 갖진 마. 부담이 안 될 수 없겠지만, 그냥. 그 문장을 보는 순간 쓴 사람을 만나보고 싶었어. 그냥…… 나도 그랬으니까.

나도 하고 싶은 얘기가 있어서, 그런데 들어줄 사람이 별로 없어서, 아무 근거도 없지만 너는 왠지 들어줄 수 있을 것 같다는 생각이 들었는데, 센터를 통하지 않고는 네 연락처를 알 수가 없어서, 그래서. 그래서…… 미안해.

말을 끝낸 경호는 안경을 벗어 두 손으로 눈두덩을

비비더니 안경을 다시 썼다. 피곤해 보였다. 아무런 문제도 없을 것 같던 첫인상과는 달리 이 아이에게도 여러 가지 일이 있었던 거구나, 생각하니 묘한 기분이었다.

그런 이야기가 나오게 된 원인이 무엇이었든, 경호가 그린 만화는 성소수자 친구의 처지에서 보기에는 유쾌하지 않았을 것이다. 내가 레즈비언이었더라도, 하고많은 경우의 수 중에서 왜 하필이면 성소수자에 대해 부정적인 인식을 심어줄 수 있는 이런 이야기만 그리는 걸까? 그렇게 생각했을 것이다. 경호라는 개인의 특수한 사정은 정치적인 올바름 앞에서 갈 곳이 없었다. 경호가 할 수 있는 일은 어머니의 빈자리를 극복하고 특정 패턴의 사고에 매몰된 자신을 교정하려 애쓰는 것뿐이었는데, 그 일은 말처럼 쉽지 않았던 것이다. 나는 경호를 어떤 식으로든 위로하고 싶었다. 하지만 어떻게 해야 할지 알 수 없었다.

그건 그렇고 나는.

나는 프로필에 왜 그런 자기소개를 써넣은 걸까? 나는 본래부터 세상에 대해 아는 것도, 할 말도 많지 않은 아이였다. 그리고 예비 맘 등록을 한 뒤로는 예전보다 조금 더 탁하고 두터운 침묵의 겹이 나를 둘러싸고 있다고 느끼고 있었다. 그건 유쾌하지는 않지만 내가 받아들여야 할 침묵이었다. 등록을 함으로써 나는 돌아올 수 없는 강을 건너버린 거라고 생각했으니까. 앞으로 닥쳐올 일들이 아무리 부조리하고 두려워도, 그간의 사정이 어떻게 흘러가고 흘러왔든, 나는 위원회의 정책에 이미 한쪽 발을 들여놓고 있었다. 그래서 누구에게도, 아무 변명도 할 수가 없었다. 하지만 내가 할 말이 없다고 느끼는 것들에 대해 경호는 여전히 많은 할 말을 갖고 있는 것 같았다.

"우리가 말로 표현하기 어려운 상황에 놓여 있는 게 우리만의 잘못은 아니잖아."

경호가 말했다.

"그리고 난, 말하기 힘든 것일수록 누구에게든 말을

하려고 노력해야 한다고 믿는 편이야. 말하지 못하면 그것에 대해 생각하지 않게 되고, 생각하지 않다 보면 잊어버리게 되니까. 난…… 무서워. 분명 뭐가 마음속을 떠다니고 있었는데, 내가 외면할수록 그게 점점 깊은 곳으로 가라앉아서, 결국 사라져버리고, 대체 뭐였는지 영원히 모르게 되는 게."

경호는 무섭다고 했다. 하지만 얼핏 닮은꼴로 보이는 경호와 나 사이에 본질적인 차이가 있다면 아마도 용기일 거라고 나는 생각했다. 경호에게는 타인에게 듣기 싫은 불협화음에 불과할지도 모른다는 두려움을 누르고 자신의 현재를 타인과 나누려는 의지가 있었다. 모순되고 양립할 수 없어 보이는 생각과 감정들이 그 아이의 마음속에서 휘몰아치다가 입술 사이로 번갈아 튀어나오는 것을, 그러면서 그 아이의 얼굴을 조금씩 달라 보이게 만드는 것을 나는 묵묵히 지켜보았다. 그날 밤 경호는 정말로 많은 얘기를, 나라면 결코 할 수 없을 것 같은 얘기들을 했다. 듣다 보니 어느새 밤이었고, 나는 처음으로 자정이 넘어 집에 들어갔다.

고단한 표정으로 잠들어 있는 엄마를 보며 나는 궁금해졌다. 내 안에도 그런 마음이 있을까? 경호에게 자신도 의식하지 못한 채 계속 만화에 자기 엄마를 닮은 인물들을 등장시키고 그들을 아름답지 않은 모습으로 묘사하게 만든 그런 미움, 그렇게 미묘하게 난 상처, 보이지 않게 비틀려버린 부분이 내게도 있을까?

그러니까 내가 예비 맘 등록을 한 건, 집안 사정을 걱정해서가 아니라, 실은 부서져 버린 엄마와 아버지의 결혼 생활을 보며 그것과 반대로 행복한 가정을 꾸미고 싶다는 일종의 보상 심리를 갖게 됐기 때문이 아닐까?

내가 좋아하고 원하는 것들은 정말로 내가 좋아하고 원하는 것들일까? 사실은 그저 부모님에 대한 반대에 불과한 게 아닐까? 내가 독립된 존재로서 행동하고 있는지 아닌지, 내 무의식에 무엇이 들어 있는지 내가 어떻게 알 수 있을까? 머리가 아팠지만 생각을 멈출 수가 없었다. 겨우 잠이 찾아온 건 새벽 네 시가 다 돼서였다.

다음날 우리는 또 만났다. 그날이 크리스마스이브라는 사실은 어느새 잊고 있었다. 난 약간 피곤했지만, 역시 경호의 이야기를 더 듣고 싶었고, 그래서 만나자고 했다. 누군가로부터 그렇게 솔직한 이야기를 그렇게 길게 듣는 것은 처음이어서, 거기서 끝내고 싶지 않았다.

거리에는 이브 밤을 각자의 방식으로 기념하기 위해 나온 사람들이 너무도 많아서 우리는 들어가는 곳마다 한참을 서서 기다려야 했고, 겨우 자리에 앉아도 한 시간쯤 뒤에는 테이블을 비워 줘야 했다. 그런 게 별로 불편하지는 않았다. 우리는 번갈아 계산을 했고, 마지막에는 편의점에 가서 컵라면을 먹고 우유를 마셨다. 대기자 번호를 받고 기다리면서도 경호는 이야기를 들려주었고, 자리를 옮기면서도 이야기를 했다.

주위의 모든 일은 그저 배경처럼, 흘러가는 음악처럼 느껴졌다.

그러고 있자니 경호의 그림이 보고 싶어졌다. 그 아이가 전에는 목소리가 아니라 선과 면과 빛깔로 종이 위에 옮겨 놓았을 그 많은 이야기가 궁금했고, 내게는 소리도 향기도 남기지 않고 그저 육중한 무채색 자동차들처럼 지나쳐 가던 것들을 포착해 하나하나 살아 숨 쉬는 것으로 바꿔 놓았을 그 아이의 재능이 안타까웠다. 그리고 그러는 동안, 무언가가 내 몸속에 들어와 배를 발로 차고, 옆구리를 간지럽히는 것처럼, 더는 참지 말라고 속삭였다. 나는 말을 하고 싶었다.

그날 처음으로 얘기를 했다. 쉽지는 않았지만.

희나에 대해, 밀에 대해, 엄마에 대해. 내가 점심을 같이 먹고 농담을 나누는 사이였던 다른 아이들에 대해. 왜 그 아이들과는 점심과 농담 말고는 아무것도 나눌 수 없었는지에 대해. 내 보폭과 시야와 세계가 얼마나 좁은지, 뚜렷하게 느끼는 건 너무 고통스러워서 희미하게만 의식하며 하루하루를 살아가는 일에 대해.

해야 하는 일들을 만날 때, 그 일들이 하고 싶은지 하고 싶지 않은지조차 모르는 스스로가 재로 빚어 만든 인형처럼 느껴지는 그 기분에 대해.

말이라는 건 기묘했다. 아무것도 아니라고 생각해서 나 자신도 무시한 채 마음속에 내버려두었던 많은 것들이 말로 변하는 순간, 나는 알게 되었다. 아무것도 아닐지도 모른다. 하지만 내게도 이야기라는 게 있었다. 특별하지도 않고 빛나지도 않아서, 털어놓기에는 언제나 너무 부끄러웠던 그것들은, 그렇지만 내 안에 있었다.

치어들

나는 몇 번인가 그 방을 상상했었다.

그러나 그 방에 누군가와 함께 있는 나를 떠올리면

마음이 주춤하며 뒤로 물러났고,

반투명한 비누 속에 갇힌 것처럼 가슴이 답답해졌다.

"넌 아버지가 기억나?"

어느 날 경호가 물었다. 나는 잠시 생각하다 고개를 끄덕였다. 다른 일들은 기억나지 않았다. 내게 남아 있는 아버지의 모습은 꼭 하나뿐이었다.

병원이었다. 엄마는 눈을 감은 채 침대에 누워 링거를 맞고 있다. 잠든 엄마의 얼굴이 창백하다. 보험 팸플릿을 들고 일하러 나간 엄마는 낯선 사람들의 사무실 한복판에서 갑작스레 정신을 잃고 쓰러졌다. 좀 더검사해 봐야 알겠지만 아마도 큰 병은 아니고, 만성

피로와 빈혈이 겹친 듯하다고 의사 선생님이 말하고 있다. 나는 그 말을 천천히 속으로 되풀이하며 마음을 진정시키려 애쓴다. 하지만 수업 중에 호출을 받고 병원에 불려 온 중학생에게 울지 않고 그 상황을 버티는 일이 그렇게 쉽지는 않다. 조금 전까지 곁에 있던 선생님은 전화를 걸러 간다며 나가서는 돌아오지 않은 지 한참이다.

나는 결국 복도로 나간다. 기억 속 번호를 끄집어내 아버지에게 전화를 건다. 아버지와 엄마가 이혼한 건 한참 전의 일이지만 엄마는 급한 일이 있으면 연락하라며 아버지의 번호를 주었다. 엄마가 말한 급한 일이란 바로 이런 일이라는 생각이 든다. 엄마가 쓰러졌고, 아직 깨어나지 않는다. 오랜만에 아버지의 목소리를 들은 나는 부들부들 떨며 그렇게 말한다.

지친 얼굴의 아버지가 병실에 들어섰을 때, 나는 의식을 되찾은 엄마와 함께 TV를 보던 중이었다. 때마침 엄마가 좋아하던 개그맨이 나오는 차례라, 엄마도 나도 소리 내 웃는다. 우리를 본 아버지의 얼굴빛이 변한다.

"뭐 하는 거야?"

아버지가 화를 낸다.

"이러고 있는 거 보여 주려고 오라고 했어?"

나는 엄마가 아프다고, 검사를 받을 거라고 말하려 한다. 하지만 내가 뭐라고 하기도 전에 쾅 소리가 나게 병실 문을 닫으며 아버지가 말한다.

"자기가 필요할 때는 바쁜 사람 잘도 부르네. 우리 어머니 병원에 계실 때는 내가 그렇게 집으로 모시자고 해도 바쁘다고, 일해야 한다고 안 된다더니."

아버지는 불쾌한 얼굴을 풀지 않은 채 병실 바닥을 바라보고 서 있다.

"그런 말 할 거면 그냥 가요……."

엄마가 떨리는 목소리로 겨우 말한다.

"응, 안 그래도 그러려고 했어. 정말 지긋지긋해!"

말을 마치자마자 아버지는 도로 병실을 나선다. 엄

마의 눈에 맺힌 눈물이 흐르기 시작한다. 두 손으로
얼굴을 가린 엄마가 아이처럼 서럽게 소리 내 우는 것
을 나는 가만히 보고 서 있다.

"그걸 가만히 보고 있었다고?"

경호가 믿을 수 없다는 듯 중얼거렸다.

"나 같으면 복도 휴지통이라도 뒤집었을 거야. 아니
면…… 어휴, 짜증 나네, 진짜."

욕을 하려다 참는 표정이 경호의 얼굴에 스쳤다. 이
이야기가 내게 민감한 부분이라고 생각해서인 듯했다.
나는 천천히 말했다. 아버지는 평소에 그러는 사람이
아니었다고. 밥상을 뒤엎거나 엄마와 내게 함부로 대
한 일도 없었고, 내가 자라나는 동안 집에서 큰 소리
가 났던 적은 없었다고. 그런데 그 일이 있고 난 뒤로
내가 가진 아버지에 대한 기억은 오직 그 하나로 수렴
되었고, 나머지 부분은 모두 사라져 버렸다고. 차라리
엄마가 아버지에 대해 원망이나 비난을 끊임없이 늘

어놓았다면 좋았을 텐데, 엄마는 이혼한 뒤에도 오랫동안 아버지를 기다렸고, 언젠가는 아버지가 돌아올 거라고 어린아이 같은 희망을 품고 있는 것처럼 보였다. 엄마와 나는 둘 다 어딘가에서 화를 내거나 미워할 기회를 놓쳐버렸고, 한 번 놓친 그 기회는 다시 돌아오지 않았다.

엄마와 아버지. 아버지와 엄마. 엄마의 아버지와 엄마. 아버지의 엄마와 아버지. 조금 지겹다는 생각이 들었다. 누군가의 부모가 되고 자식이 된다는 건 얼마나 무겁고 엄청난 것을 떠안는 일인가. 나는 물고기들을 떠올렸다. 어느 동영상에서 본 치어들을.

멸치보다 작은 몸을 새하얀 은빛으로 빛내는 수천 마리의 치어들이 꼬리지느러미를 흔들며 바다에 떨어져 내린 손톱 달들처럼 몰려다니는 광경을. 한꺼번에 알에서 깨어나 오염된 바다를 헤엄쳐 다니는 물고기들은 자신의 부모가 누구인지 전혀 모를 것이다. 모르지만 아무 문제도 없이 짧은 생을 잘 살아갈 것이다.

나는 자신의 근원으로부터 자유로운 그 어린 물고기들이 부러웠다.

"너 있잖아."

경호가 말했다.

"너희 아버지가 한 행동은 잘못된 거였어. 네 말대로 너희 아버지는 좋은 사람이었는지도 몰라. 두 분 사이에 어떤 일이 있었건, 할머니를 모시는 문제로 두 분이 다투셨건, 이혼했건 어쨌건, 난 몰라. 그렇지만 병원에 입원해 계신 너희 어머니를 그렇게 대한 건 무책임하고 잔인한 행동이야. 알겠어? 너나, 너희 어머니가 어디가 부족해서, 뭘 잘못해서 그런 대우를 받은 게 아니란 말이야."

그런가. 경호의 말을 들으니 왠지 눈물이 날 것 같았다. 아버지의 행동이 잘못이었다는 식으로는 생각해 본 적이 없었다. 내 안에는 엄마가 버림받았다는 사실, 그러므로 엄마에게 반대하거나 마음을 아프게 하거나 내가 살고 싶은 대로 살아서 엄마를 굶게 만들어서는 안 된다는 두려움만 단단하게 박혀 있었던 것이다. 듣고 보니 누군가로부터 그런 말을 듣는 일이 내게 무척 필요했다는 생각이 들었다.

"우리 엄마는 그런 것도 없었어."

경호가 웃으며 말을 이었다.

"잔인한 말 한마디조차, 누가 봐도 잘못인 행동 한 번조차, 없었어. 엄마는 정말로 완벽한 엄마였어. 다정하고 세심하고 헌신적이고, 그러면서도 당차고 아는 게 많고, 재미있는 사람이었어. 그러고는 완벽한 엄마인 채 사라져버렸어. 갑자기, 자기 인생을 찾아서, 그렇게 빛나는 얼굴로."

경호는 말했다. 학교에서 돌아와 집안을 정리하고 있는 러닝셔츠 차림의 아버지, 회의가 끝나고 지칠 대로 지쳐 돌아와서도 조금도 쉬지 못하는 아버지를 볼 때면 그대로 없어져 버리고 싶다는 생각이 정말 많이 들었다고. 모든 게 자신 때문에, 자신이 태어났기 때문에 잘못되어버렸다는 생각을 그만둘 수 없었다고.

하지만 죽을 수 없어서, 죽고 싶다는 생각이 들 때마다 그림을 그리고 이야기를 만들어냈다고 말했다.

"지금은 안 되지만, 언젠가는 다시 만화를 그릴 거야. 어떻게도 할 수 없는 내 문제들이 내 안에서 어느 정도 해결이 되면. 해결이 될까? 난…… 내가 다른 사람에게 상처를 입히지 않는 얘기를 그릴 수 있을까? 잘 모르겠어. 하지만 그랬으면 좋겠어. 그래서 지금 내가 컴퓨터 한구석에 처박아 놓고 쳐다보지도 않는 옛날 만화들을 다시 꺼내볼 수 있었으면 좋겠어. 젠장, 겁나 유치하네, 개념이라고는 털끝만큼도 없네, 이 선은 또 뭐야, 웃으면서 그렇게 생각할 수 있었으면 좋겠어. 그것들은…… 아무도 인정해 주진 않지만, 내 책임이니까. 내가 만들어낸 거니까. 누가 그리라고 하지도 않았고, 어떻게 그리라고 하지도 않았지만, 내가 그리고 싶어서 나 혼자 밤새우고 성적 떨어져 가면서 세상에 태어나게 한 거니까."

다시 그릴 수 있게 되면, 그때 너한테 보여줄게. 들

릴 듯 말 듯 한 목소리로 그렇게 중얼거리는 경호의 얼굴은 아이 같기도 하고 아주 어른스러운 사람 같기도 했다.

우리는 자주 만났다. 모든 순간이 다 완벽하지는 않았다. 다툼까지는 아니었으나, 몇 번인가 서로를 웃으며 헐뜯다가 기분이 상해 말이 없어진 일도, 그러다 다시 천천히 대화가 시작된 일도 있었다. 시간이 가면서, 나는 내가 근사하다고 생각한 경호의 솔직함이 때로는 내게 열등감과 자격지심을 불러일으키기도 한다는 사실을 알게 되었다. 반대로 매사에 조심스러운 내 태도가 경호에게는 자신을 일관성 없고 가벼운 사람으로 느껴지게 할 때가 있다는 것도.

"근데 넌 다 좋은데 생각이 너무 많아. 그리고 너무, 어디에도 기대려고 하질 않아. 그렇게 혼자 익히고 묵히다가 김치냉장고 들어가겠다."

서로 사과를 주고받은 뒤 더 어색해져 버린 공기를

어떻게 해보려는 듯 경호가 말했다. 묵은지 묵은지, 노래하듯 중얼거리는 경호의 성의를 봐서 나는 재수 없어! 하고 맞받아쳐 줬다. 뭐라고? 묵은지? 이…… 곁절이 같은 놈아! 입으로만 떠들지 말고 그림을 그리란 말이다, 그림을. 니가 천재야? 머릿속으로만 그리는 그림도 그림이냐? 응? 나는 내가 누군가와 웃으면서 그런 말을 나눌 수 있다는 사실이 믿어지지 않았다. 그건 친구끼리 나누는 대화였다.

하지만 즐겁게 이야기를 하다가도 나중이라는 말이 누군가의 입에서 나오는 순간이 오면, 우리는 더는 길이 없는 골목으로 들어간 것처럼 입을 다물었다. 3개월은 착실하게 줄어들어 갔다. 나와 만나는 동안 경호는 줄어드는 시간에 대해 무슨 생각을 했을까? 우리의 마음속에는 상대가 정해지고 합의가 되면 위원회에서 제공해 주는 그 방, 녹색이라고도 하고 장밋빛이라고도 하고 아무런 특징 없이 새하얀 스위트룸이라는 얘기도 떠돌던, 예비 맘과 예비 대디 커플이 임신을 위해 들어가는 그 방에 대한 생각이 아예 없었을까? 그렇지는 않았을 것이다. 나는 몇 번인가 그 방을 상상했었다. 그러나 그 방에 누군가와 함께 있는 나를 떠올리면 마음이 주춤하며 뒤로 물러났고, 반투명한 비누 속에 갇힌 것처럼 가슴이 답답해졌다.

졸업식은 짧게 끝났다. 가슴 아픈 작별의 인사나 이제 다시 학교를 볼 수 없다는 서운함은 없었다. 마지막으로 남은 물건이 없는지 확인하려고 사물함을 열었을 때, 거기에는 작은 바구니에 포장한 초콜릿 몇 개와 함께 손으로 쓴 편지가 들어 있었다.

'2학년 때 너한테 심하게 굴어서 미안해. 진심은 아니었다. 그냥 다른 아이들 무리에 끼고 싶었을 뿐이었어. 끝까지 희나 편이 되어주는 너를 보면서 여러 가지 생각을 했고 내가 부끄러웠다. 너는 그런 대우를 받기에는 멋진 아이라고 생각해. 잘 지내고 건강하길 바란다.'

편지는 짧았다. 이름은 씌어 있지 않았지만 전체적으로 옆으로 살짝 퍼지고 세로획이 손을 흔드는 것처럼 귀여운 글씨체는 눈에 익었다. 그런데, 분명 눈에 익은 글씨인데, 그 글씨의 주인이 누구인지는 기억나지 않았다.

식이 끝나고 엄마와 함께 뷔페에 가서 평소의 두 배쯤 되는 양의 음식을 먹었다. 그날 밤 심하게 체해 새벽까지 잠을 이루지 못했다. 바늘로 딴 엄지손톱 밑에서 자줏빛 피가 배어 나오는 걸 보다가 문득 희나가 떠올랐다. 엄마가 등을 두드려 주어서 나는 식은땀을 흘리며 겨우 잠들 수 있었다. 자신에게 떳떳해지려면 어떻게 해야 할까. 나는 그런 편지를 받기에는 희나에게 미안한 게 너무 많았다.

선택

나는 이것이 내가 선택한 일이라면 좋겠다고 생각했다.

좀 더 일찍, 좀 더 용기 있게

이것은 내가 선택한 삶이고,

지금 엄마가 되는 건 내가 원하는 일이 아니라고

당당하게 말할 수 있었더라면 좋았겠다고 생각했다.

그 3개월 동안 내게 실제로 일어난 일들을 말로 옮겨 놓자니 정말로 이상한 기분이 든다. 결론을 말하자면 나는 경호와 그 방에 들어가지 않았다. 우리는 우리에게 주어진 시간이 끝날 때까지 서로에게 제안을 하지도, 미안하지만 나는 안 되겠으니 다른 사람을 찾아보라고 양해를 구하지도 않았다. 말하지 않았지만 경호에게도 전해졌을 거라고 생각한다. 그게 우리가 할 수 있는 최선이었다. 나는 경호와 가까워진 일이 기쁘고 감사했지만, 그다음으로 무엇을 해야 할지는 알 수 없었다. 아마 경호도 그랬을 것이다.

위원회에서 다른 아이들, 내 프로필을 보고 연락을 취해 온 다른 몇 명의 아이들을 추천해 주었을 때, 나는 그 아이들을 만났다. 짧게 이야기를 나누고, 헤어졌다. 그러면서 밀을 떠올렸고, 모든 게 어이없이 끝나버리기는 했지만 여전히 그 아이와 나눈 말들이 내 안에 비틀리고 갈라진 채 떠다니고 있다는 사실을 깨달았다.

그랬다. 그렇지 않았더라면 좋았겠지만, 나는 내가 밀에게 가졌던 마음을 그렇게 빨리 아무것도 아닌 것으로 바꿔 놓을 수는 없었던 것이다.

담당 선생님으로부터 몇 번이나 독촉을 받고, 3개월이 지나 재검을 받았을 때, 내 난자는 D0등급으로 내려가 있었다. 회복 불가능한 노화 과정이 시작되었고, 이제 시기를 놓친 걸로 보아야 할 것 같다는 말을 전하는 담당 선생님의 목소리에는 아무 감정도 실려 있지 않았다. 내가 그동안 짐작한 것처럼 선생님은 특별한 감정을 갖고 나를 대해 오지는 않았던 모양이었다.

"안타깝네요. 미리미리 하셨어야 하는데. 그럼 그렇게 알고 계시고, 이 내용은 보고서로 작성해서 보내드릴게요."

바쁘다는 듯 말하는 그녀의 목소리를 듣자 정신이 번쩍 들었다. 그러니까 그녀에게 나는, 그저 수많은 지원자 중 하나였다. 그녀의 일상을 이루는 수많은 내담자 중 하나. 내 이야기는, 그동안 내가 해 온 고민은, 미안하다는 그녀의 말을 들으며 흔들렸던 내 생각들은, 그녀에게는 남다르거나 중요한 사연이 되지 못했다. 당연한 일이었지만 나는 그걸 그제야 깨달은 것이었다. 이런 게 세상이구나 싶었고, 이제 그들의 세상에서 내가 빠르게 밀려나고 있다는 자각이 차가운 밀물처럼 밀려왔다.

재검 결과를 엄마에게 말하면서, 나는 이것이 내가 선택한 일이라면 좋겠다고 생각했다. 좀 더 일찍, 좀 더 용기 있게, 이것은 내가 선택한 삶이고, 지금 엄마가 되는 건 내가 원하는 일이 아니라고 당당하게 말할 수 있었더라면 좋았겠다고 생각했다. 그러나 그렇지가 못했다. 나는 끝까지 아무것도 선택하지 못했다. 그게 부끄러워서, 그리고 엄마에게 미안해서, 아무 말도 하지 못한 채 나는 조금 울었다.

엄마는 울지 않았다. 엄마가 더 미안해, 하고 중얼거렸을 뿐이다.

"사실은, 성당에 갈 때마다 고해성사를 하고 싶었어."

엄마의 목소리가 가볍게 떨렸다. 바로 전날 신부님에게 고해성사를 하고 다음날 성당에 가도, 또 고해실에 들어가고 싶었다고 엄마는 말했다. 나를 혼자 이런커다란 일에 밀어 넣고 마음고생을 하게 해서 미안하다고, 그동안 내내 마음이 편하지 않았다고.

"너한테 하고 싶은 말이 있어."

내 눈물을 닦아 주고, 내 눈을 똑바로 들여다보며 엄마는 말했다.

"엄마는 네 딸이 아니야. 네가 딸이고, 내가 엄마야. 나이가 들어도, 힘들어도, 일을 잘 못 해서 돈을 별로 못 벌어도, 내가 네 엄마야. 엄마가 선택한 인생을 네가 대신 짊어지고 걸어가느라 살아가는 법을 잊어버리면 안 돼. 늘 너에게 말해 주고 싶었는데, 엄마가 너무 부족해서 그러지 못했어. 미안해. 이제부터는 아무리 한심해도 네 엄마가 될 거야. 네 엄마로 살 거야. 그럴 수 있게 네가 좀 도와줘."

엄마는 그렇게 말하며 희미하게 웃었다. 늘 나를 걱정시키던 여린 마음의 소녀가 방 어딘가 보이지 않는 구석에 숨어 우리를 지켜보고 있는 것 같았다. 나는 가만히 고개만 끄덕였다. 엄마는 언제나 내게 좋은 엄마였다고 말해 주고 싶었지만 그건 너무 오글거리는 말이잖은가.

"그래도 네가 엄마가 됐더라면, 그 아이는 참 예쁠 텐데. 너를 닮았을 테니까. 너무 예뻐서, 너는 내 눈에 들어오지도 않을 텐데. 그거 한 가지는 참 아쉽네.

그치?"

응, 나는 대답했다. 그러자 비로소 실감할 수 있었다. 나는 이제 아이를 가질 수 없는 몸이었다. 둘러싸고 있던 모든 것이 사라지고 그 사실만 남자, 홀가분함과 함께 슬픔이 찾아와 나를 적시기 시작했다. 나는 희미한 통증처럼 뱃속에 번지기 시작한 그 슬픔의 단순함과 따스함에 정신을 집중하고 가만히 누워 있었다. 잠이 왔다. 며칠을 꼬박 걸어온 것처럼 피곤했다.

경호와 마지막으로 만난 건 그해 늦은 여름이었다. 경호는 내게 대학교는 재미있느냐고 물었다. 나는 당장에라도 그만두고 싶다고 대답했다. 경호는 이런저런 일자리를 알아보다가 결국 뒤늦게 재수를 하기로 마음먹은 참이라고 했다. 그러면서 난데없이 일본의 어떤 보이밴드 얘기를 늘어놓기 시작했다. 멤버가 열두 명이나 되는 밴드인데, 누구와 누가 최근에 싸웠다는 둥, 누구와 누구는 서로를 싫어하고, 누구와 누구는

데뷔 전에 한 여자를 놓고 다툰 적이 있으며, 또 누구와 누구는 뜻밖에도 서로를 진심으로 위해 주는 사이라는 둥, 평소라면 할 것 같지 않은 길고 별로 재미도 없는 얘기를, 마치 어떤 우울한 화제를 에두르려 애쓰는 것처럼, 핀이 엉뚱한 곳에 맞아버린 카메라가 천천히 이미지를 찍어내는 것처럼, 경호는 길고 자세하게 했다.

나는 깊이 생각하지 않았다. 곧 다시 만나게 될 거라고 믿었고, 경호가 원래의 꿈대로 대학에 들어가 만화를 공부하게 되기를 담백한 마음으로 바랐다. 그래서 별다른 기약 없이 조만간 또 보자는 말을 건네고 가볍게 헤어졌다.

결국 그 만남이 마지막이 되었다. 특별한 이유는 없었다. 나는 대학 생활과 아르바이트를, 경호는 재수 생활과 아르바이트를 병행하느라 정신없이 바빴던 것이다. 드문드문 몇 번인가 문자를 주고받았고, 약속을 언제 잡을지 끝없이 질문과 대답을 계속했지만, 좀처

럼 시간이 맞지 않았다. 열심히 사느라 누군가와 멀어

진다는 이야기는 다 핑계라고 생각했는데, 경호와 내

가 그렇게 되었다. 경호와는 좀 다를 줄 알았다. 끊어

지지 않았으면 좋겠다고 생각했다. 그래서 예전과는

달리 먼저 전화를 걸었다. 대답이 없어도 한 번 더 안

부를 물었다. 그래야 한다고 생각해서가 아니라 그러

고 싶어서였다. 나는 경호가 보고 싶었고, 다시 만나

이야기를 나누고 싶었다. 그런데 이번에는 경호 쪽에

서 연락이 돌아오지 않았다. 우리는 결국 다시 얼굴을

보지 못했다.

첫눈이 내리지 않은 해

내 마음의 가장 약한 부분이 어디고
그것이 어떤 모양인지 알려준 것도
내가 세상에 존재해도 괜찮다는 사실을
깨닫게 해 준 것도 경호였다.

사람은 언제 어른이 되는 걸까? 나는 잘 모르겠다. 내가 아는 건 다른 사람들은 어떤지 모르겠지만 나는 그리 쉽게 어른이 되지 못했다는 거다. 나는 내게 재능이라는 게 있을 거라고는 생각하지 못했고, 그것이 발견될 만한 장소로 제때 몸을 움직이지도 못했다. 내게도 정말로 하고 싶은 일, 애정을 갖고 내 시간과 마음을 기꺼이 들이고 싶은 일이라는 게 있다는 사실을 겨우 깨달은 건 제법 나이를 먹은 다음이었다. 대학을 졸업하고, 몇 군데의 직장을 거치며 10년이라는 시간을 보내고, 몇 명의 사람을 만나 사랑했다가 헤어지고, 다시 헤어지고 싶지 않다는 생각이 드는 사람을 만나고, 결혼을 하고, 엄마의 장례식을 치르고, 그러고도 몇 년의 시간이 흐른 다음.

처음에 든 생각은 아이를 입양하고 싶다는 것이었다. 부모님이 사고로 일찍 돌아가시고 조부모님 밑에서 자란 남편이 그 이야기를 먼저 꺼냈을 때, 나도 그 못지않게 그 일을 원하고 있다는 사실을 깨달았다. 결혼 생활에 익숙해지고, 서로의 모습에서 자신조차 알지 못한 자신의 모습을 발견하는 일들이 늘어가면서 자연스럽게 알게 된 게 있었다. 남편과 나는 둘 다 가족으로부터 비롯된 뿌리 깊은 결핍감을 자신이 만든 새로운 가족으로 메우고 싶다는 미련을 버리지 못했다.

어떤 사람들은 자신의 결핍감을 현명하게 다스리며 살아간다. 굳이 가족을 만들지 않아도 그들은 자신들의 삶을 사랑하며 충분히 행복하게 살아갈 수 있다. 외로움 같은 건 느끼지 않고 넓은 바다를 자유롭게 헤엄쳐 다니는 물고기들처럼.

남편과 나는 그런 사람들은 아니었다. 우리는 함께 있어 줄 누군가가 필요했고, 때로는 지겨움을 불러일으킬지라도 그 굳건한 안정감이 필요했다. 자랑스레 내세울 만큼 특별한 삶의 방식은 아닐지도 모르지만, 그 사실이 부끄럽지는 않았다. 우리는 설령 미숙하고 부족한 것이라도 우리만의 답안을 백지 위에 쓰고 싶었던 것이다.

그러나 대화를 나눈 끝에 남편과 나는 결국 하나의 결론에 도달했다. 그건 생물학적으로는 서른을 훌쩍 넘기고 여러 가지 일을 겪긴 했지만 우리가 여전히 어떤 면에서는 아이라는 것, 부모가 되어 누군가를 책임지고 성숙한 사랑을 줄 만큼 충분히 어른이 되지 못했다는 것이었다. 우리는 부모가 아니라 우선 우리 자신이 되어야 했다. 그리고 세상에 대단한 변화를 일으킬 능력이나 나는 이렇게 살아왔노라고 밝힐 만한 당당함은 없더라도, 최소한 이 세상에 어찌어찌 올라타 아무런 찬성도 반대도 하지 않은 채 자신에게 민망한 인간으로 계속 나이를 먹어가기는 싫었다. 아이를 입양하는 것 역시 큰 맥락에서는 우리의 십 대를 이상한 모양으로 비틀어버린 제도에 찬성하는 것이었다.

나는 아이를 데려오는 대신 공부를 시작했다. 그리고 자격시험을 거쳐 심리 상담사가 되었다.

'다른꿈'은 내가 스물다섯 살 때 문을 닫았다. 비슷한 청소년 인권 단체가 여럿 새로 생겨나기는 했으나, 제도는 바뀌지 않았다. 출산율은 매년 조금씩 더 줄어들었고, 임신이 가능한 난자와 정자를 갖고 태어나는 아이들의 수도 갈수록 줄었다. 정권이 바뀌고 인권과 아이들의 미래에 대한 논란이 계속되었는데도 다른 대안은 나타나지 않았고, 십 대들은 계속해서 검사를 받아야 했다.

십 대 때 위원회를 통해 아기를 낳은 뒤 곧바로 입양 보낸 사람들 가운데 어떤 식으로든 정신적 괴로움을 갖고 있지 않은 사람은 아무도 없다는 사실을, 나는 상담을 진행하면 할수록 확신하게 되었다. 그들은 나와 비슷한 점이 많았다. 자신의 잘못이 아닌 것을 자신의 잘못이라 여겼고, 자신감이 부족했고, 다른 사람들에 비해 미숙하게 느껴지는 자신을 부끄러워했다. 나는 그들에게 이 비틀린 세상에서 내가 줄 수 있는 것을 주고 싶었다. 그렇게 부끄러워하면서 모든 것에 주눅 든 얼굴로 살아가지 않아도 된다는 말을.

상담 산업을 달콤하고 값싼 위로라고 비난하는 말을 들으면 나는 조금 침울해지지만 많이는 아니다. 사회 문제에 대한 근본적인 해결 없이 그저 한 사람의 눈물을 닦아 주며 조금 더 살아 봐도 괜찮다고 말하는 일만 계속하는 건 무책임한 미봉책이라고 어떤 사람들은 말한다. 어떤 면에서는 그들의 말이 옳을지도 모른다. 하지만 그래도 나는 그 일을 하고 싶었다. 영원히 바뀌지 않을지 모르는 세상에서, 그들이 그래도 살아갈 수 있게, 누군가에게 가끔 자신의 이야기를 털어놓을 수 있게 돕고 싶었다. 그게 내가 세상에 대해

할 수 있는 유일한 일이었다. 좀처럼 침묵을 깨뜨리려
고 하지 않는 그들에게 말을 걸고 질문을 하면서, 문
득 경호가 떠올랐다. 내가 타인에게, 그리고 나 자신
에게 손톱만큼이나마 정직해지는 법을 알게 된 건 경
호와 이야기를 나누면서부터였다. 내 마음의 가장 약
한 부분이 어디고 그것이 어떤 모양인지 알려준 것도,
내가 세상에 존재해도 괜찮다는 사실을 깨닫게 해 준
것도 경호였다.

그 겨울에 정말로 이상한 점이 하나 있었다는 사실
을 발견한 건 몇 년 전의 일이다. 사무실 창밖으로 내
리는 눈을 보면서 아, 귀찮네, 집에는 또 어떻게 가지?
하고 얼굴을 찌푸리다가 우연히 어떤 풍경이 떠올랐
다. 그건 까마득한 옛날, 눈을 귀찮아하는 게 아니라
기다리는 내가 있던 겨울의 풍경이었다.
내가 고등학교 3학년이었던 그해에는 첫눈이 오지
않았다. 하지만 그게 이상하다는 건 아니다. 거기까지

는 내 기억과 뉴스를 검색해 찾아낸 사실이 일치한다. 12월 31일의 마지막 해가 저물도록 하늘에서 눈이 내려오지 않아서, 송구영신 특집으로 편성된 프로그램들 사이 여기저기에서 점점 심해지는 이상 기후를 걱정하는 목소리가 튀어나왔고, 새해 첫 신문에도 기후학자들의 인터뷰가 실렸었다.

이상한 일은 여기서부터다. 뉴스에는 그다음 해, 그러니까 내가 대학에 들어간 해의 1월 28일 오후에 늦어도 한참 늦은 첫눈이 내렸고, 눈발이 굵어져 전국이 온통 함박눈으로 뒤덮였으며, 길이 얼어 차량 정체가 심했다고 적혀 있다. 하지만 나는 그 겨우내 눈이라는 것을 단 한 번도 본 적이 없었다. 첫눈도, 두 번째 눈도, 세 번째 눈도…… 내린 적이 없었던 것이다. 1월 28일에 나는 무엇을 하고 있었을까? 아마도 경호와 함께 카페에 앉아 있었거나, 집에 있었더라도 창밖을 슬쩍 내다보기는 했을 텐데, 아무리 머릿속을 뒤져봐도 눈을 보거나, 눈이 왔다는 얘기를 들은 기억은 떠오르지 않았다.

그 얘기를 들려주면 경호는 수화기 저편에서 잠시 말이 없다가, 이내 정말 우스꽝스러운 얘기를 들은 사람처럼 킬킬거리며 웃어댈 것 같았다.

너 진짜, 뜬금없다. 그때 눈이 왔느냐고? 응, 내 기억으론 몇 번쯤 온 것 같은데? 같이 있을 때도 내렸는데? 길이 미끄러워서 내가 잡아줬잖아. 너 넘어질까 봐. 너, 혹시 그때 나 좋아했어? 그래? 그래서 아무것도 안 보였구나? 이런, 눈 온 것조차 모를 정도였으면 말을 하지 그랬냐. 나도 사실은 너한테 마음이 조금은 있었는데.

카랑카랑한 목소리로 말하는 경호를 상상하면서 나는 궁금해졌다. 경호는 잘 지내고 있을까, 이 이상한 세상의 어딘가에서.

소식은 들려오지 않지만 나는 요즘도 습관적으로 인터넷을 검색한다. 그러고는 검색을 한 자신을 쓸쓸해한다. 이제는 나처럼 얼굴에 주름이 생기고 뱃살도 조금은 늘어나 있을 그 아이가 어딘가에서 천천히 이야기를 만들고, 종이 위에 색을 입히고 있을 거라고 나는 믿는다. 언젠가는 온라인에서 그 아이의 웹툰을 발견할 수 있었으면 좋겠지만, 꼭 그렇지 않더라도 상관없다. 그래, 이건 환상이다. 나도 이제 그쯤은 안다. 그러나 나는 그 환상에 기대는 내가 싫지 않다. 내가 초라하거나 비겁한 사람, 아무짝에도 쓸모없는 사람처럼 느껴질 때면 나는 언제나 그곳으로, 그 겨울의 시린 공기 속으로 돌아간다. 가진 것도, 자랑할 것도 많지 않은 기억 속의 그 소녀는 지금의 나와 크게 다르지 않다. 하지만 물고기가 되는 꿈을 꾸던 그 소녀를, 그리고 곁에 있던 한 소년을 떠올리면 이상하게도 조금은 더 살아보고 싶다는 마음이 된다. 경호라면 그 겨울 오후의 회색빛을 참 잘 그려낼 수 있을 텐데.

밝고 긍정적인 이야기가 아니어서 미안합니다. 이렇게 잔인하고 어두운 이야기를 '청소년 소설'이라고 내놓았다가 민감한 시기에 있는 독자들의 마음을 외려 다치게 할까 봐 두렵습니다. 너무 가혹한 설정을 감당하게 한 소설 속 아이들에게도 미안한 마음입니다.

그러나 제가 생각하기에는, 지금 청소년들의 현실이 방향은 다를지 몰라도 이것보다 훨씬 무겁고 어두우며 참혹합니다. 점점 더 나빠져만 가는 세상에서 '청소년' 여러분이 무엇을 생각하고, 느끼고 있을지 저는 감히 짐작도 할 수 없습니다. 고등학생들의 이야기이지만 반쯤은 기성세대의 입장에서, 반성하는 마음으로 썼습니다.

　다만, 아무것도 할 수 없고 사회가 원하는 바람직한 모습으로 제때 성장할 수도 없고, 아무런 선택도 할 수 없다는 생각이 들더라도, 그게 여러분의 잘못은 아니라는 말을 하고 싶었습니다.

　저는 청소년기에 선택할 수 있는 것이 거의 없었습니다. 멋지거나 밝거나 긍정적인 십 대가 전혀 못 됐습니다. 매일 할 수 있는 생각이라고는 조금 더 잠을 자고 싶다는 생각, 왕따 같은 건 제발 세상에서 없어져버렸으면 좋겠다는 생각 정도였을까요. 그저 물컹물컹한 덩어리 같은 상태로 주위의 모든 압력을 힘껏 견디다 보니 그 시간이 지나갔고, 어느새 어정쩡한 어른이 되어버리고 말았습니다. 그런데 제가 보기에 지금의 청소년들은 중학생, 고등학생 때의 저보다 몇 배나 많은 것을 감당해야 하고, 감당하고 있습니다.

　여러 가지 사정이 겹친 복잡하고 힘든 상황 속에서, 그럼에도 자신의 힘으로 최선을 다해 판단하고, 무엇이 옳은지 결론을 내보려고 노력하는 아이들의 이야기를 쓰고 싶었습니다. 하지만 언젠가 한 번 더 기회가 있다면, '노력' 같은 말은 구겨서 쓰레기통에 던져 버리고, 속 시원하고 통쾌하게 하고 싶은 일을 다 저지르는 십 대들의 이야기도 써보고 싶습니다.

부족한 이야기를 읽어 주시고 믿을 수 없을 만큼 꼼꼼하고 자상하게 의학적 자문을 해 주신 서울 청화여성병원 박종두 선생님께 감사드립니다. 이과적 머리가 모자란 저로서는 정말 큰 힘이 되었습니다. 늦은 밤 기꺼이 전화를 걸어 조언해 주신 소설가 방현희 선배님과, 이 이야기를 쓰는 데 크고 작은 도움을 주신 저의 페친 여러분, 많이 늦어진 일정에도 참을성 있게 기다려 주신 내인생의책 편집부 여러분께도 진심으로 감사드립니다.

2016년 여름

윤이형